뉴질랜드
여행노트

뉴질랜드 여행노트

초판 1쇄 인쇄   2012년 09월 18일
초판 1쇄 발행   2012년 09월 28일

지은이   심 현 보
펴낸이   손 형 국
펴낸곳   (주)북랩
출판등록   2004. 12. 1(제2012-000051호)
주소   153-786 서울시 금천구 가산디지털 1로 168,
　　　　우림라이온스밸리 B동 B113, 114호
홈페이지   www.book.co.kr
전화번호   (02)2026-5777
팩스   (02)2026-5747

ISBN 978-89-969495-3-4 03810

뉴질랜드 여행노트

글·사진 심현보

book Lab

CONTENTS

2003년 7월   07

2003년 8월   31

2003년 9월   53

2003년 10월   73

2003년 11월   97

2003년 12월   119

2004년 1월   135

2004년 2월   159

2004년 3월   185

2003년
7월

2003년 7월 1일

6월 30일 인천에서 출발. 세 번을 갈아타고 이제 뉴질랜드로 가는 마지막 비행이다.

이제 1년 간의 여행이 시작된다. 아쉬움을 두고 떠나왔기에 그 아쉬움이 좋게 결론 나기를 기대한다. 길었던 나의 첫 비행 경험이 막바지에 이르고 있다. 뉴질랜드에서의 첫 날이 곧 시작된다.

말레이시아에서 호주까지 오는 동안 옆 좌석에 젊은 백인 남자가 앉았다. 영어로 대화를 시도했으나 서로 알아 들은 말은 거의 없는 듯하다.

농장에 도착했다. 오늘이 첫 날밤이다. 몸도 마음도 많이 피곤하다. 내 생각과는 너무 다른 환경에 적잖이 당황스럽다. 그래도 만족한다. 내가 선택했고 아쉬움을 두고 온 만큼 많은 걸 얻어가야 하며 나 스스로 만족해야 하기 때문이다. 오늘은 이렇게 잠을 청하련다.

2003년 7월 3일

    오늘은 목요일. 내일은 쉬는 날이다. 어제는 우프들과 오클랜드 시내에 갔었다. 예상대로 한국 학생들로 넘쳐났고 한국 식당들이 즐비했다. 한식당에 들어가서 밥도 먹었지만 내 주위에 그러한 환경이 있다는 게 현 상황에서 싫다. 이틀이 금방 간다.

2003년 7월 5일

오늘은 집으로 일본인 우프들이 놀러 왔다.

그래도 말이 통한다는 것이 신기할 따름이다. 나의 영어가 얼마나 부족한지 느낄 수 있는 상황이었다.

언제 여길 떠나게 될지는 모르겠지만 떠나는 전까지 어느 정도의 준비를 하고 나름대로의 공부를 시작해야겠다. 내일도 일이 있고 그리고 축구하는 날.

2003년 7월 6일

숙소 근처 공원에 다 같이 축구하러 갔다. 한국에서 보기 힘든 잔디 운동장이다.

여자, 남자 할 거 없이 편을 나누었다. 마침 축구하고 있었던 백인 꼬마들도 팀을 나누어 같이 축구를 했다. 신나게 축구하고 있는데 백인 꼬마 한 명이 신경에 거슬린다. 온지 얼마 안 되어서 그런지 꼬마가 버릇없이 행동하는 것에 짜증이 났었던 거 같다.

축구를 하고 나서 농구를 하러 갔다. 다들 실력이 고만고만하다. 재미있게 노는 중 지운이 형이 갑자기 가자고 한다. 돌아오며 뒤 돌아보니 마오리 남자들이 농구하러 오고 있다.

어쩐지 이 상황이 익숙한 거 같다.

2003년 7월 7일

내 방은 거실 옆이다. 혼자 사용하고 침대가 하나 있고 꽤 아늑하다.
화장실, 욕실은 분리되어 있었고 깔끔하다. 부엌은 조그마했고
식사는 우프들이 돌아가면서 한 번씩 요리와 설거지를 했다. 한국
에서 한 번도 요리를 해 본 적 없는 나로선 설거지가 편했으나 도착
한 지 며칠 지나지 않아 내 차례가 왔다.

아무것도 가르쳐 주지 않고 그냥 하면 된다고 부엌으로 날 몰았
다. 잠깐 우두커니 서 있다 '소시지 야채 볶음'을 만들었다. 다행히
케첩이 듬뿍 들어간 음식을 다들 맛있게 먹어준 거 같다. 당시 숙
소엔 일본 여자 사야코를 비롯 한국 누나 등 여자 3명, 그리고 한
국 남자 3명이 있었다.

그렇게 처음으로 남을 위해 음식을 만들었고 조금씩 요리에 재미
를 느꼈다.

토스트에 잼, 꿀 발라 먹는 게 참 맛있다.

농장 도착 며칠 후 태호 형이 시집 한 권을 권했다. 자기가 아끼
는 책이라며 권했다.

"지금 알고 있는 걸 그때도 알았더라면" 이란 제목의 시집이다.

이전까지 한 번도 시집을 제대로 읽었던 적은 없었다.

그날 저녁부터 다음날 새벽까지 시집 절반을 읽었다. 그리고 그
다음날 밤 나머지 반을 읽었다.

내용이 좋았다.

2003년 7월 14일

월요일 새벽이다. 뉴질랜드에 온지 꼭 2주가 되는 날이다. 그동안 스쿼시 3~4번 치고 탁구 종종 친 거 빼곤 한 게 없다.

오늘 오클랜드에 가서 이 노트를 4달러 주고 샀다. 한국에선 1000원이면 살 수 있는데….

여기서의 생활은 참 편하다. 오전에 일하고 오후엔 자유시간. 근심, 걱정 없는 조용한 곳이다. 오래 있을수록 점점 나태해질 것 같다. 시작은 해야겠는데 쉽지 않다. 아 졸린다.

간만에 펜을 들었지만 쓸 말이 별로 없다. 요즘은 탁구가 너무 재미있다. 중독인 거 같다.

자야겠다. 피곤하다.

이틀 후면 수호 형도 한국으로 돌아간다. 좀 심심해지겠군. 하루 하루가 금방 흘러간다.

생활은 분명 편한 삶인데 편안함을 느끼질 못하니 참.

일을 할 때도 그리고 집에서 쉴 때도 왠지 모를 불편함이 느껴진다.

여기는 뉴질랜드. 나의 의지대로만 행동할 순 없다. 한국은 지금 한 여름이다.

여긴 넘 찝찝한 겨울이다. 허구한 날 비만 오고. 내일은 쉬는 날이다.

해변에 가자고 하는데 그다지 내키진 않는다. 가지 않고 집에서 쉬는 쪽으로 해야겠다.

　오늘 수호 형이 한국으로 돌아갔다. 짧은 내용의 카드 한 장 남기고… 참 괜찮은 사람이다.

　어제는 아버님이랑 아주 경치가 그만인 비치에 갔다 왔다. 이런 저런 좋은 사진도 많이 찍고 나름대로 즐거운 시간을 가졌다. 만남과 이별이 너무 잦은 곳이다. 나 역시 10여 일 후엔 이곳을 떠날 생각이다. 아직 정해진 건 아무것도 없지만 일단 부딪혀 볼 생각이다. 아버님이 서운해 하실지도 모르겠지만 그러기엔 시간이 너무 짧다. 여기에서의 일년이 나에겐 너무나도 소중한 일년이기에 하루 하루가 너무 소중하다.

　한국은 이제 잊어야겠다. 잊고 앞을 향해서 나아가자. 약해지지 말고 힘을 내자.

2003년 7월 23일

간만에 새벽에 글을 쓴다. 오늘은 새 얼굴이 왔다. 31세의 큰 형님 뻘 되시는 분이다. 이 집의 남자 셋 중 내 키가 제일 작다. 이런 경우는 처음이다.

느낌에 그리 오래 있을 거 같지 않다. 시간이 금방 흘러 간다.

오후에 작업한 지 이틀째.

좀 피곤하다. 오늘 왜 늦게까지 TV를 봤는지 모르겠다. 잼난 것도 안 했는데….

오후에 집에서 5분 거리에 있는 해변에 갔다 왔다. 가서 해 지는 걸 보고 왔다. SUNSET이 정말 환상이었다. 가서 사진도 찍었다. 여긴 참 경치가 좋은 곳이다. 사진 찍을 곳이 정말 많다. 그렇다고 사진만 찍으러 다닐 수도 없는 노릇이니….

오늘 농장을 떠나서 타우랑가로 간다. 조금 설레이는 걸 느낀다.

한창 바쁠 때 떠나기에 미안함이 가득하다. 일단 무작정 가 본다. 가서 또 새로운 환경에 적응하느라 버벅댈 것이지만 그래도 기대된다.

여기서의 약 한 달간의 생활. 정말 소중한 추억이다. 그냥 머물러 있을 수 없기에 이 안락함을 뒤로하고 떠난다. 나중에 다시 농장을 찾게 되기를 희망한다.

이제 정말로 부딪히러 간다. 더 이상 지체할 수 없다. 나의 이 갑갑함과 부족함이 채워지기를 기대한다.

첫 농장에서의 추억(아버님, 어머님, 지운 형, 태호 형, 삼촌, 수호 형, 윤희 누나, 태화, 민성이, 사야코, 샘 형, 크리스, 해범이 형까지).

타우랑가에 도착했다. 모든 게 낯설다.

윤희 누나의 도움으로 타우랑가에 일이 있다는 걸 알게 되었고 타우랑가 행 버스를 예약했다.

사실 난 아는 게 아무것도 없었다. 누나가 시내 가서 물어보고 전화하고 해서 그냥 믿고 가는 거다. 떠나기 전 영어이름을 하나 만드는 게 편할 거라고 한다. 이런 저런 이름이 나오던 중 Danny가 나왔다. 맘에 들었다.

타우랑가 시내에 내렸다. 내려보니 전화기가 바로 앞에 있다. 백팩커로 전화해서 Danny라고 하니 픽업하러 왔다.

백팩커에 도착해서 체크-인 하는데 대화가 참 안 된다. 일을 한다고 하니 IRD라는 걸 만들어야 된다고 하는데 그 내용 이해하는데 꽤 오래 걸렸다.

짐을 풀고 나니 Gorden이 숙소 사람들에게 날 소개시켜 준다. 대부분 일을 하고 있다.

얼굴에 웃음을 유지한 채 Hello ! 연발이다. 한국 남자가 둘 더 있다.

동갑내기 Kim과 형 June. Kim은 한국으로 돌아가기 직전 이었고 일본 여자 친구와 함께였다. 영어, 일본어 둘 다 잘하는 거 같다.

숙소에서 일본 친구 Shu, Nao를 만났다. Shu는 영어를 잘하고 Nao는 나랑 비슷한 거 같았다. 동변 상련이라고 할까? 우린 그날부터 친해졌다.

저녁을 먹어야 하니 근처 수퍼에 갔다. 계란, 토스트, 식용유 그리고 마가린을 사려고 하는데 보이질 않는다. 수퍼 주인에게 "마~가~린"하고 몇 번을 물어 봤는지 모르겠다.

눈만 껌뻑껌뻑할 뿐이다. 그때 흑인 한 명이 다가와서 뭐 필요하냐고 몸짓을 한다. 다행히 몇 번 듣더니 마가린을 찾아 준다. 숙소에 가 보니 그 친구가 있었다. 나이지리아 친구였다. 토스트에 계란 얹어서 저녁을 해결했다.

내일부터 일을 할 예정이다. 영어를 배우기 위해선 더 적극적으로 말을 걸고 자신감을 가져야 한다. 앞으로 어느 정도의 대화가 가능할 때까지 얼마나 소요될 진 모르겠지만 그때까지 참고 열심히 하려 한다. 많이 피곤하고 머리도 아프다. 일찍 자고 일찍 일어나야겠다.

2003년 7월 30일 📷

    오늘 ORCHARD에 가서 처음으로 일을 했다. Prunning and Tieing. 처음 들어보는 단어라….

    일은 그다지 어렵지 않았지만 정말 알아 들을 수가 없었다. Kim 과 같이 일하면서 이것 저것 많은 정보를 얻었다. 돈은 약 25달러 정도 번 거 같다.

    하루 방 값이랑 식대 정도.

    쌀을 비롯해 이것 저것 재료를 사서 간만에 맛나게 밥을 먹었다.

    여기서는 좀만 열심히 한다면 돈도 조금 벌고 영어에도 어느 정도 도움이 될 거 같다.

    오늘 새로운 룸메이트 헝가리 여자가 왔다. 영어 실력은 나랑 비슷한 거 같다. 너무 조급해 하지 말고 천천히 하나 하나 배워 나가야 겠다.

    콘트랙터는 방글라데시 출신 모하메드라는 남자다.

    이 가지는 자르고 저 가지는 남기고 이건 묶고를 영어로 얘기하는데 그냥 느낌으로 싱싱한 거 남기고 묶고 했다.

    하루에 2달러 내고 Shu 차를 타고 이동하고 마트에도 같이 갔다 왔다.

2003년

8월

2003년 8월 5일

백팩커에서 지낸 지 어느새 일주일이 됐다. 정말 금방이다.

Prunning, Tieing. 재미없는 일이다. 무엇보다 돈을 모으기가 어렵다.

그래서 Kiwi 우프로 한두 달 생활할까 한다.

일단 금요일까지 일하고 월급 받고 놀러 좀 다니다가 키위 농장으로 들어가야겠다.

사야코는 여기 와서 지낸 지 5일 째인가? 나름대로 잘 적응하는 거 같다.

사실 와이우쿠에서 같이 지낼 땐 잘 몰랐다. 한국 사람들 사이에 혼자 있어서 그렇지 상당히 밝고 사람들과 잘 어울렸으며 나보다 훨씬 대화를 잘 한다는 걸 여기 와서 알았다.

허리에 문신을 하고 나타났다. 조금 놀랐다.

2003년 8월 7일

쉬지 않고 일한 지 9일 째인가? 무척 피곤하다. 아무도 모를 거다. 바나나 하나에 내가 지금 감격하고 있다는 사실을. 이제 겨우 시작인데….

이젠 정말 아주 가끔씩만 한국 생각이 난다.

내일은 페이데이다. 약 200달러 정도 될 거 같다.

모하메드가 말하는 걸 조금씩 알아듣기 시작했다. 원어민 말은 여전히 어렵다. 사실 모하메드 발음이 또박또박 하고 천천히 말한다.

우프로 갈까 해서 여러 곳에 접촉해 봤지만 아무런 소득이 없다. 이틀을 쉬었다.

내일이면 Kim도 이곳을 떠난다. 정말 한국인은 나뿐이다. Kim의 여자친구로부터 50달러에 백팩을 하나 샀다. 한국에서 가져온 가방은 집으로 보내려고 한다. 저 무식한 가방을 집으로 보낸다는 사실에 그냥 기분이 좋다. 요금이 걱정된다.

타우랑가에 얼마나 더 머물게 될지는 모르겠지만 내일부터 다시 일을 시작할 생각이다.

2003년 8월 11일

오늘부터 영어로 일기를 쓸 것이다. 오늘은 쉬는 날이다. 오늘 가방이랑 필요 없는 옷 가지를 집으로 보냈다. 112달러 꽤 비싸다. 점심 먹고 Dagu, Shu, Nao와 함께 낚시하러 갔다 왔다. 아무것도 못잡고 일찍 돌아왔다. IRD 번호를 받기 위해 전화를 했다.

몇 마디 주고 받았는데 그 중 두어마디 제대로 이해했다. 기분이 좋다. 단 몇 마디를 이해했다는 것만으로 참 기분이 좋다.

내일은 비가 안 온다고 하니 일을 하러 갈 것이다.

모하메드 집으로 숙소를 옮겼다. 이틀째다.

한 주에 60달러 백팩커보다 싸다. 넓은 개인 방과 넓은 부엌 등등 안락하다. 좀 외롭다.

매사 자신감을 가지고 하려 한다. 오늘 7.5 bay를 했다. 35달러다.

오늘 농장주인과 모하메드 친구한테 잔소리를 꽤 들었다.

모하메드는 날 조금 좋아했다. 난 영어가 어수룩했고 일을 열심히 했다. 더 많이 일하고 싶었지만 모하메드가 관리하는 일이 많지 않았다. 오후 늦게까지 일하는 경우는 거의 없었다.

하루 종일 해를 보면서 일해서인지 목과 얼굴 그리고 팔은 새까맣게 탔다. 팔은 가지 자국의 상처가 가득했다. 사실 일, 돈은 크게 개의치 않는다. 머리 속을 가득 채운 것은 영어였다.

모하메드가 자신의 숙소에서 같이 지내자고 했을 때 가장 먼저 떠오른 것은 영어였다. 둘만 있으면 자연스레 영어가 많이 늘 것이라 생각했고 모하메드의 영어가 알아듣기 좀 편했다.

모하메드의 집으로 가기 전, 같이 일하던 일본 여자 Midori 가 있었는데 영어를 참 잘했다. 조그마했고 귀여웠다. "Don't think too much!" 라는 말을 나에게 해 주었는데 가끔 생각이 난다.

나의 어설픈 영어가 아니었음 많은 대화를 나누었을지도 모른다.

헝가리 여자애도 있었는데 참 씩씩했다.

2003년 8월 15일

비가 와서 일찍 집에 왔다. 지금 오후 2시다.

오늘 일본 친구 여러 명을 초대해 음식을 대접했다. 고기 볶음에 야채 넣고 고추가루 듬뿍 넣어서 내 놓으니 다들 맛있게 먹는다.

영어로 일기를 쓰는 건 어렵다. 어디로 갈지 정하진 않았지만 여기 오래 머물 것 같진 않다.

혼자 여기서 오랫동안 머무는 건 좋지 않은 것 같다. 한 시간 째 일기를 쓰고 있다. 밖에 나가고 싶은데 비가 온다.

2003년 8월 19일

내일 여기를 떠나 Corommandel 로 간다. 우프로 머물 것이다.
Tauranga 에서 즐거운 시간을 보냈다. 영어가 조금씩 나아지는 거
같다. 모하메드는 좀 더 같이 지냈음 하지만 돌아오지 않을지도 모
른다. 난 새로운 경험을 원한다.

2003년 8월 21일

Coromandel에 우프로 머물고 있다. 여긴 정말 외지이고 아름다운 곳이다.

많은 사람들이 한 곳에 모여 산다. 그 중 Inn 이라는 사람이 "우린 가족은 아니지만 구성원 이다"

라고 말했다. 오늘 바위 깨기 일을 했다. 오후 3시쯤 끝이 났다.

코로만델에서 우프로 지낸 기간은 3일이다. 나 말고도 영국인 남자 우프가 한 명 더 있었고 여러 구성원이 함께 살았다. 큰 집을 중심으로 주위에 여러 조그만 집이 모여 있었다.

식사는 큰 집에서 함께 먹고 TV 도 같이 봤다.

코로만델 시내에서 거기까지 가는 버스도 없었다. 히치하이킹으로 도착했고 히치하이킹으로 나왔다.

영어를 배우기 위해 우프를 자처 했으나 너무 짧은 영어로는 적응하기가 힘들었다.

이틀 동안 일하면서 벽돌 깨기, 젖소 짜기, 청소, 설거지, 트랙 점검 등등 여러 가지 일을 했다.

좋은 경험이었다. 구성원 중 우프가 필요하면 데려다 같이 일하고 그런 식이었다.

갓 짠 우유는 맛이 없었다. 진흙탕에서 열심히 일하던 키위 아저씨가 청소 다 해 놓은 집안을 맨발로 돌아다니니 집에 발자국이 여기 저기 생겼다.

많은 구성원 중 몇몇은 이해하고 친절히 대해 주었으나 몇몇은 불만이 있었던 거 같다.

내가 영어를 너무 못 알아 들으니 짜증을 내곤 했다.

이런 저런 부분에서 나도 불만이 생겼고 해서 그냥 나왔다.

걷다가 히치하이킹을 반복해서 겨우 시내로 나왔고 호스텔에서
하루 묵었다.

2003년 8월 24일

해밀턴으로 왔다. 코로만델에 4일 간 머물렀다. 좋지 않은 경험이다.

대화의 어려움과 더불어 그들의 요구 사항은 많았고 난 떠났다. 돌아오는 길 반 정도를 걸어왔다.

온 몸이 쑤신다. 장기간 편히 머물 백팩커를 찾아야 한다.

웰링턴이다. 최악의 백팩커다. 사람이 너무 많고 번잡하다. 내일 아침 일찍 떠날 생각이다.

블렌헴에 일이 많다는 소릴 들었다. 무작정 블렌헴 행이다. 딱히 목적이 정해져 있지는 않다.

2003년 8월 27일

블렌헴이다. 남자친구와 함께 있는 미도리를 만났다. 약간은 실망했을지도 모른다. 남자친구는 타우랑가에서 본 적 있는 한국 형이다.

미도리를 쫓아 호주에서 뉴질랜드까지 왔다고 한다. 미도리를 만난 백팩커를 떠나 다른 백팩커로 이동했다. 침대가 3층에 있어 불편했다.

숙소에서 한국 남자를 만났다. 꽤 친절하다.

일을 구하고 있는데 겨울이라 일이 없다.

오늘도 일이 없다. 이대로라면 계획을 바꿔야 할지도 모른다. 여름에 호주에 가서 사과 픽킹을 하면 큰 돈을 벌 수 있다고 한다. 영어를 정말 배우고 싶다. Unit 10 까지 공부했다.

다들 일이 없다. 그래서 다 같이 비치에 갔다 왔다. Yuko, Daiki, Gaz. 비치에서 꽤 큰 홍합이랑 전복 몇 개를 잡아 왔다. 비치 물은 꽤 차가웠다. 큰 솥에 넣고 끓여서 다 같이 먹었다.

Gaz와 체스 게임을 했다. 처음 하는 거였는데 처음 2번 지고 2번 이겼다. Gaz가 약간 화가 났는지 그만 하자고 한다.

돈을 많이 썼다. 내일 3시간 동안 일 하기로 했다.

2003년 8월 30일

뉴질랜드에 온지 딱 2달이다. 조금 한국이 그립다. Juggling을 배웠다.

돈이 필요하다. 월요일엔 일을 했음 좋겠다. 대부분 지금 거실에서 저녁을 먹고 있다.

2003년
9월

숙소엔 여러 일본인, 한국 사람 둘, 유럽인, 키위 등이 머물고 있다.

2003년 9월 2일

한 주가 지났다. 여전히 일이 없다. 뉴질랜드에 온지 2달이 넘었지만 여전히 영어를 알아듣기가 어렵다. '우유부단'. 정말 나에게 맞는 말인 거 같다. 개선해야 할 점이다. 좀 차분해질 필요가 있다. Gaz는 꽤 괜찮은 녀석 같다.

블렌헴에 잠깐 있는 동안 일을 찾았지만 다들 일이 없었다.

꽤 지루했다.

2003년 9월 9일

꽤 오랜만에 일기장을 열었다. 다시 모하메드와 일한다.

백팩커의 많은 사람들이 바뀌었다. 여행하는 동안 꽤 많은 돈을 썼다.

은행 잔고는 더 이상 쓰지 말아야겠다.

여전히 Prunning and Tieing이다. 그래도 괜찮다. 돈을 모을 수 있을 것이다.

2003년 9월 14일

벌써 9월 중순이다. 새로운 일을 시작했다. 한 주에 약 350달러를 벌 수 있으니 200달러 정도 모을 수 있을 거 같다. 주인은 꽤 친절했고 커피와 쿠키를 제공한다. 고구마 캐는 일은 Tieing보다 낫다. 모하메드에게 약간 미안한 마음이 있다. 백팩커에서 지낼지도 모른다는 말이 있다. 오면 저녁이라도 대접해야겠다. 비자가 이번 달에 만료된다. 인터넷으로 비자를 연장해야겠다.

다시 돌아간 백팩커에는 Shu, Nao가 있었다. 그리고 Gaz가 함께였다. 여전히 모하메드와 함께 일했고 모하메드도 반갑게 날 맞이했다. 우린 다시 같이 다녔으나 모하메드 일은 들쭉날쭉했다. 마침 새로운 일이 들어왔고 우린 함께 새로운 일을 시작했다.

2003년 9월 22일 📷

　일주일 째 쉬지 않고 일했다. 드디어 쉬는 날이다. 타우랑가에 있는 한 한국인이 나에게 개인 과외를 제안했다. 자녀들 수학을 가르쳐 주면 숙식제공에 페이를 후하게 준다고 했는데 거절했다. 영어를 위해 여기까지 와서 그 일을 할 수는 없다.

　지난 주에 숙소에서 정말 영어 잘하는 한국 남자를 만났다. 원어민들과 거침없이 대화를 하곤했다. 나를 보더니 어느 이유에서인지 유럽에서 일하는 곳이라면 이것 저것 많이 알려 주고 갔다.

　영어를 잘해서인지 자신감이 있었다. 부러웠다.

　난 Shu, Nao. Gaz와 함께였고 우린 날마다 어울려 술 마시고 게임하면서 놀았다.

　백팩커 아래층은 우리 아지트 같았다. 이 시절 참 행복했다. 우리 넷뿐만 아니라 다른 친구들하고도 잘 어울려 지냈다.

　영국 커플 Christina, Mike. 참 순해 보이는 커플이다. 모하메드 밑에서 같이 일했는데 둘 다 처음이라 Prunning and Tieing 하는 법을 알려줬다.

　Mike 는 나에게 영어를 알려주곤 했는데 만화를 많이 보라고 했다.

2003년 9월 25일 📷

비자 만료까지 일주일 남았다. 비자 연장을 위해 Mike와 시내에
갈 생각이다.

시간이 점점 빨리 가는 것 같은데 영어는 여전히 신통찮다.

며칠 전 한국에서 사업을 한다는 형이 왔었다. 휴가 중이라고 했다.

지난 밤 농장 주인 Billy가 우리 페이로 수표를 줬다. Shu, Nao와
함께 은행에 갔더니 현금 교환이 되지 않는 "Transferable" 수표라
고 한다. 다시 Billy에게 전화를 했고 겨우 페이를 받았다.

2003년 9월 28일

지난 밤에도 주인으로부터 연락이 없었다. 쉬는 날이다. 쉬는 날은 배가 고프다.

담배를 많이 펴서 머리가 아프다. 어제 인터넷으로 비자 연장을 하려 했는데 잘 안 되었다. 어쩌면 이민국으로 가야 할지도 모르겠다. 만료까지 겨우 3일 남았다.

비자 연장을 위해 은행 계좌와 돈이 필요할 지도 모르겠다. Andrew에게 물어봐야겠다.

2003년
10월

뉴질랜드에 온 지 3달이 지났다. 비자는 인터넷으로 6개월 연장했다.

영어로 되어 있는 사이트라 지난번엔 인터넷으로 비자 연장하는 방법을 몰랐다.

며칠 전 Gaz와 함께 인터넷 카페에 갔다. Gaz도 비자 연장을 해야 했기에 같이 갔다. 영어 사이트니 혼자선 힘들었으나 Gaz가 하는 걸 보고 따라 했다.

곧바로 Gaz는 연장했고 나도 따라서 연장하려 하는데 내가 가진 카드로 비자 연장 비용 결제가 되지 않는다. 별 생각 없이 Gaz 보고 돈을 줄 테니 카드 빌려 달라고 하니 순순히 카드를 빌려 준다. 순박한 부분이 있는 거 같다. 이렇게 어렵지 않게 6개월을 연장했다.

새 일을 구했다. 일주일 이상 일할 거 같다. 오클랜드에서 랭귀지 학교를 마친 한국 커플이 여행 중에 백팩커에 하루 머물렀다. 3달이 지나서인지 랭귀지 스쿨이 그다지 부럽진 않았다.

타우랑가에 일이 많지 않아서인지 다들 떠나기 시작했다.

석 달 후엔 정말 영어를 잘하는 나이기를 희망한다.

2003년 10월 4일

오늘도 쉬는 날이다. 지난 한 달 같이 어울렸던 Gaz가 떠났다.

히치하이킹으로 Taupo 그리고 Wellington까지 간다고 했으니 아직 Tauranga에 있을지도 모르겠다. Nelson으로 간다고 했다. 지난 밤 우리 넷은 술 한 잔 한 후 타우랑가 시내에 있는 클럽에 갔다.

시골풍의 댄스와 분위기에 처음엔 웃음이 나왔고 모든 것이 낯설었다. 클럽 입구엔 TV에서 보던 덩치 큰 문지기가 지키고 있었다. 난 순박해 보여서 그런지 그냥 통과했는데 Gaz는 여기 저기 검문을 받고 클럽에 들어왔다. 동양인 셋에 영국 남자 이렇게 이방인 넷이라 술 취한 현지인들한테 놀림도 받고 했다.

2003년 10월 9일 📷

시간은 빨리 흘러간다. 타우랑가에 있는지 2달이다.

움직일 때라 생각해 Hastings의 백팩커에 연락하니 아직 일이 없다고 한다. 2주 후쯤 일이 있을 거 같다고 한다. 오늘은 비가 온다. 예상만큼 돈을 모으지 못했다. 뉴질랜드를 떠나기 전 3000달러 이상 모으지 못하면 유럽 여행을 못할지도 모른다.

2003년 10월 10일 📷

아직 비가 오고 있다. 오늘은 체코 남자 Tomathon의 생일이다.

백패거 매니저 Sue가 케이크와 더불어 저녁을 만들기로 했다. 지금 토스트, 치즈, 버터, 마가린 외엔 가진 게 없다. 쇼핑을 해야 하는데 현금이 없다. 어제 밤 모하메드가 전화하기로 되어 있었는데 연락이 안 왔다. 페이 날이라 기다리고 있었는데 다들 실망이다.

Shu, Nao. 그리고 나, 일본 남매와 함께 Planting 일을 시작했다. 2주 정도 걸릴 거 같다.

사실 1주 정도 일이지만 날씨 때문에 2주 정도로 예상한다. 이 일을 끝날 때까진 여기 있을 거 같다. 쉬는 날은 할 일이 없다. 아침 일찍 일어나 밖을 보고 비가 오면 쉬는 날이다. 다시 자러 가거나 아침을 먹는다. 그렇게 앉아 있음 누군가 옆에 앉아 밥을 먹고 그렇게 하루가 시작된다.

Gaz가 떠난 후 빈 자리는 Tomathon, Peter 두 명의 체코 녀석들이 채웠다.

Tomathon은 참 재미있다. Irish 여자가 한 명 있었는데 꽤 명랑하다.

한편으로 여길 떠나고 싶지 않다는 마음이 있다. 뉴질랜드에서의 가장 큰 목적은 영어라 할 수 있는데 여긴 한국 사람이 하나도 없었다. 더군다나 여러 친구들과 친해져 대화를 나누면서 조금씩 영어가 발전해가는 것을 느낄 수 있었다.

우리 셋은 백팩커 매니저 Sue, Gorden과도 친했고 두 달 넘게 있으면서 정이 많이 들었다. Longgest라서 백팩커가 참 편했다. 그냥 우리끼리 즐거웠다.

한 번 지운 형이랑 윤희 누나가 놀러 왔었다. 형은 정말 영어를 잘 했다. 같이 간단히 저녁을 먹고 헤어졌다.

Thomathon의 생일 축하 파티 후 Rugby를 볼 생각이다. 여기에선 가장 사랑 받는 스포츠이다.

2003년 10월 11일

화창한 날씨다. Yoshi, Nao와 함께 도서관에 갔다 왔다. 3시간 동안 2 Unit을 공부했다.

만약 이 책을 한국에서 다 끝내고 왔으면 이렇게 공부할 일이 없었을지도 모르겠다. 어쨌든 곧 이 책을 끝낼 생각이다.

모하메드로부터 오늘 페이를 받을 예정이다. 원래 어제였으나 Sue에게 오늘 주겠다고 연락이 왔다. 숙박비도 내야 하고 먹을 것도 사야 한다. 먹을 게 없다. 아 가난하다.

오늘 페이를 해결하지 않으면 이제 모하메드와 일을 하지 않을 생각이다.

한국이 문득 그리워진다. 가족, 친구, 여자…. 무엇을 그리워하는지는 모르겠다.

내일은 비가 올 예정이라 쉴 거 같다. 새로운 일 Planting은 Sue에 의하면 3주 정도 걸릴 거라고 한다. 뉴질랜드에서는 모든 것이 불 확실하다.

오늘 애인처럼 항상 들고 다니던 전자 사전이 고장 났다. 가장 큰 친구이자 조력자인 사전이 고장 나니 좀 막막했다. 다행히 리셋시키니 잘 동작한다.

어제 Nao가 내 머리를 깎았다. 보기엔 별로 좋지 않지만 여기선 아무도 나의 헤어스타일을 신경 쓰지 않는다. 깎고 보니 꽤 깔끔해 보인다.

Shu와 함께 Countdown에 갔다. 2주 치의 넉넉한 식품을 폭풍 구매했다.

내일은 오전부터 일을 시작했음 좋겠다.

이 시절 쇼핑 품목은 다들 그러하듯 저렴한 토스트, 마가린, 치즈, 햄, 쌀, 현지 라면 - 한국 라면은 비쌌다. 계란, 고기, 야채, 감자, 스파게티 재료 외에 음료수 과자 등이었다. 다들 배낭 여행 중이라 넉넉하지 않았고 적당한 재료를 이용해 나름 다들 맛있게 요리해 먹으면서 지내고 있었다. 난 스파게티를 가끔 해 먹었는데 요리도 간편하고 배불리 먹을 수 있어 좋았다. 가끔은 서로의 음식을 맛 보기도 했지만 기본적으로 자기 건 자기가 해서 먹고 음식재료

도 각자가 관리했다. 과일은 과일 피킹일을 하면 그곳에 가면 배 터
지게 먹을 수 있고 가끔 아보카도도 주워 먹었다. 키위도 항상 비
치 돼 있었기 때문에 수퍼에 가서 사 먹어야 하는 바나나가 더 먹
고 싶었고 비싸게 느껴졌다.

화창한 날이다. 오늘은 무엇을 할까 생각한다. 도서관에 가서 영어 공부를 할 계획이다.

어제 캐나다 여자를 만났는데 키위 발음에 비해 부드럽게 느껴진다.

지난 석 달 동안 영어를 주 언어로 사용하고 있다. 나의 영어에 있어선 바람직하고 좋은 것이지만 상당히 피로하다. 정말 영어를 잘하고 싶다. 많은 경험을 쌓고 싶고 많은 것을 배우고 싶기에 우선 영어를 잘해야 한다. 빨리 이 영어 교재를 끝내야겠다.

만약 8개월 뒤에도 내 영어가 엉망이라면 한국으로 돌아가는 걸 조금 늦춰야 할지도 모르겠다.

지금은 미래를 너무 고민할 필요가 없다. 여기서의 시간을 즐기면서 지금 Holiday 기간이라고 생각해야겠다.

여기서 가장 큰 목적은 영어였고 사람들과 어울려 일을 하면서 자연스레 돈에 욕심을 내기 시작했다. 여기서 돈을 모으는 건 사실 어렵다. 일이 계속 있는 것도 아니고 날씨가 변덕스러워 쉬는 날이 잦다. 일년이라는 시간 동안 영어, 경험, 친구, 돈 이 모든 것을 이룬다는 건 힘들다.

가끔 주위 사람들 중 "I'm on Holiday!" 라는 말을 하며 하루하루를 즐겁게 보내려고 하는 모습을 볼 때면 영어와 돈에 집착하는 내 모습에 살짝 의구심이 들기도 한다.

숙소에 잠깐 스위스 여자애 둘이 머문 적이 있다. Tomathon을
비롯한 우리 모두가 호감을 가졌었지만 꾀죄죄한 몰골에 서투른 영
어로 다가가기가 무척 어려웠고 난 Shy guy라 옆에서 쳐다만 봤다.
그 둘은 지금까지 내 기억에 가장 이뻤었던 소녀들이다.

2003년 10월 14일

    오늘 일을 했다. 힘들다. Planting 일인 줄 알았는데 이건 새로 Tuber 밭을 만드는 일이었다. 시간 당 10불이다. 휴식 시간도 5분 밖에 안 주어 짜증났다. 나라면 15분 휴식 시간을 두 번 씩 줬을 것이다. 내일은 10시부터 시작이다. 왜 늦게 시작하는지 모르겠다.

    어제 밤 담배를 너무 많이 펴서 아직도 머리가 아프다. 화장실에도 꽤 오래 있었다.

    일하는 중 이물질이 눈에 들어가 엄청 고생했다. 내일은 선 크림을 얼굴과 손에 바를 생각이다.

    여기 태양은 너무 뜨겁다.

오늘은 어제만큼 힘들지 않았지만 손목이 꽤 아프다. 한국에서 가져온 로션을 발랐다. 며칠 전 Nao와 함께 Gorden 일을 도왔고 우리에게 100달러씩 지불했다.

얼마 전엔 만다링 피킹을 모하메드와 함께 했다. 아마 모하메드와 함께 하는 마지막 일인 거 같다.

일하는 중에 주인이 말하는 몇 마디를 알아 들었다. 그래서인지 오늘은 기분이 좋다.

저녁으로 라면을 먹어서인지 벌써 배가 고프다. 토스트를 만들어 먹어야겠다.

내일은 8시부터 시작이니 7시에 일어나야 한다. 비가 오지 않았음 좋겠다.

백팩커 매니저 Sue, Gorden은 친절했다. 장기간 머물다 보니 정도 많이 들었고 우리 셋 아니 다른 친구들도 마찬가지였을 것이다.

숙박비용이 밀리는 경우도 있었지만 웃으며서 기다렸다. 가끔 백팩커 식구들을 위해 저녁도 만들었다. 우린 다 같이 조그만 우리만의 파티를 즐겼고 가끔 술에 취해 쓰러지기도 했다.

Shu, Nao, 일본 남매, 나 우리 다섯이서 조그만 농장을 만들었다. 다 만들고 보니 꽤 뿌듯했다.

타우랑가를 떠나기로 결심했다. 여기 Just the Ducks and Nuts Backpackers 는 참 좋다.

Sue, Gorden은 친절하고 안락함을 느낀다. 최고의 백팩커 같다.

새로운 경험을 위해 떠나야 할 때다. Hastings로 가서 괜찮은 일이 있으면 4주 이상 머물 계획이다. 여기서 많은 사람을 만났고 그리울 거 같다. 아마 돌아올 거 같다.

Shu, Nao, 나 셋은 같이 Hastings로 가기로 했다. 우린 어느새 꽤 친한 친구가 되어 있었다. 오래 머물렀던 셋이 떠난다고 하니 Sue, Gorden은 조금 섭섭한 눈치다. 우릴 위해 BBQ 파티를 열었다. 즐겁게 먹고 마시고 밤이 되었는데 Tomathon이 내 점퍼를 달라고 한다. 내 점퍼를 원하는 친구들은 여럿 있었다. Gaz도 그랬고 보기에 꽤 괜찮아 보였나 보다. 아직 날씨가 추워서 안 된다고 하니 Tomathon 이 끈질기게 설득한다.

그래서 점퍼를 양보하니 자기 옷가지 중 티셔츠랑 면바지를 나에게 준다.

Shu는 이날 불꽃 춤을 보여주었다. 멋있었다.

타우랑가에서의 시간은 즐거웠다.

2003년 10월 22일

Hastings에 왔다. Asparagus 일을 시작했다. 일이 그다지 맘에 들진 않았지만 돈도 필요하고 해서 그냥 했다. 500달러 정도 모았을 때 남쪽 섬으로 갈 예정이다. 아직 어디로 갈지는 정하지 못했다. 어제 여기 도착해서 조금은 침울했던 거 같다. 타우랑가 친구들이 조금 그립다.

여기 백팩커도 꽤 아늑하다. Shu랑 둘이서 트윈 룸을 쓰고 있다. 괜찮다.

전에 블렌헴에서 만났던 영국여자를 여기서 만났다.

오늘 Nao가 떠났다. 지난 석 달간 함께였다.

히치하이킹으로 Wellington까지 갈 예정이다. 지금쯤 누군가의 차에 타고 있을 것이다. Nao 여행에 행운이 가득하길 기원한다. 여긴 부엌이랑 TV 룸이 분리되어 있어 새로운 친구 만나기가 어렵다.

Shu, Nao는 일본에서부터 둘도 없는 친구다. 호주에 1년간 있었던 Shu와 함께 Nao는 뉴질랜드에 왔다. 나와 비슷한 시기에 여기 왔고 독립이라고 해야 할까? 이제 서로 각자의 여행을 할 때라고 생각한 거 같다. 난 Shu와 함께 남았고 Nao는 'Wellington' 이라고 쓴 박스를 들고 떠났다.

여기 온지 8일이 지났는데 겨우 10시간 일했다.

남쪽 섬으로 가기까지 500달러 정도 필요할 거 같다. 여기서 웰링턴까지 40달러, 웰링턴에서 픽튼까지 40달러, 웰링턴에서 하룻밤 30달러, 일 구하기까지 숙박비 210달러, 음식 50달러, 담배 30달러, 기타 비용까지 500달러가 필요하다. 산술적으로 일주일에 6일을 일하고 매일 70달러를 벌면 420달러, 여기서 숙박비 105달러, 음식, 담배 비용 45달러 정도 소요되니 270달러를 모을 수 있다. 뉴질랜드에서 돈을 모으는 것이 쉽지는 않다.

드디어 오늘 일을 시작했다. 7시부터 5시까지 9시간 반 동안 일했으니 80달러 이상 벌었다. 이렇게 계속 일을 했음 좋겠다.

Nao는 지금 Blenheim에 Abrahum과 같이 있다고 한다. 보고 싶다.

오늘 Thinning Grape 라는 일을 했다. 힘들진 않았지만 계속 걸어야 했다.

마오리 수퍼바이저 커플은 꽤 친절했다.

사람이 너무 많아 아직 샤워를 하지 않았다. 여긴 침대가 40개 이상이고 또 차에서 자는 사람들도 여럿 있다. 아마 60명은 될 거 같다. 여기서 나가는게 나을지도 모르겠다는 생각이 문득 드는데 사 놓은 음식 재료도 너무 많고 Shu도 걸린다. 오늘은 샤워를 하지 않기로 결정했다.

재미있는 독일 친구를 만났다.

2003년 10월 30일

피곤하다. 오늘 5시간 반 동안 일했다. 오후 5시까지 일하고 싶었는데 비가 와서 일찍 들어왔다.

온 몸이 쓰리다. 운동을 좀 해야 할 거 같다. 일 할 때 꾀를 좀 부렸는데 수퍼바이저가 쳐다 보는 것 같았다. 어쩌면 화가 났을지도 모르겠다. 수퍼바이저 둘 중 하나는 나에게 너무 빠르니 천천히 하라고 했는데 다른 한 명은 그렇게 보는 거 같지 않았다.

우비가 없어서 비를 맞으며 일했더니 상쾌한 기분은 아니다.

2003년
11월

11월이다. 오늘은 쉬는 날이다. 무릎이 아프다. 군대 있을 때 무릎이랑 어깨를 다쳤는데 무리해서 사용하면 통증이 느껴지곤 했다. 아이러니하게 가끔은 군에서 보낸 시간이 그립기도 하다.

저번에 아스파라거스 농장에서 8시간 일했는데 페이가 들어오지 않았다. 오늘 수퍼바이저가 숙소로 왔는데 내가 13시간 반 동안 일했다고 한다. 사무실로 가보라고 한다.

어제 일본 친구들, 말레이시아 남자와 함께 Pup에 갔다. 같이 감자 칩과 함께 맥주를 마셨다. 말레이시아 친구가 샀는데 취하도록 마셨다. 즐거웠다. 말레이시아 남자는 뉴질랜드에서 수퍼바이저 일을 하고 있었다.

2003년 11월 7일

　4일 째. 지난 4일 간 매일 9시간 반 일했다. 일도 괜찮고 좋다. 여기 오래 머문다면 많은 돈을 모을지도 모른다. 하지만 이번 주말에 남섬으로 떠나기로 결정했다. 수퍼바이저가 제 때 페이를 지불하지 않으면 일요일 날 떠나지 못할 수도 있다. 사무실로 찾아가야 할 지도 모르겠다.

　여기서 랭귀지 스쿨에 다녔던 한국 형을 만났다. 나보단 영어가 조금 나은 거 같았다.

　여긴 한국 사람이 4명 있다.

　Shu가 오늘 저녁을 만들었다.

2003년 11월 8일

제길. 페이가 안 들어왔다. 오늘 계좌를 확인해 보니 페이가 입금되지 않았다.

음식 재료가 많지 않다. 약간의 샌드위치 재료가 있을 뿐이다. 늦어도 월요일엔 여길 떠나고 싶다. 기분이 좋지 않다. 내일도 일을 하러 간다. 헤이스팅스에서 일하는 마지막 날이 될 거 같다.

내일 밤 비치에서 Whole Moon 파티를 하는데 거기 가기로 했다. 기다려진다. 왠지 재미있을 거 같다.

다시 한 번 ATM에 가서 계좌를 확인해 보니 입금이 되지 않았다. 참을 수 없다. 주위 친구들이 수퍼바이저에게 따지라고 한다. 사실난 Work Permit이 없다. 그래서 대 놓고 수퍼바이저에게 불평을 얘기할 수 없다. 그냥 빨리 페이를 지불했음 좋겠다. 수퍼바이저가 게으른 거 같다. 그들을 믿을 필요가 있고 믿고 싶다.

블렌헴에서 Nao와 Abrahum을 만날 것이다. 헤이팅스가 약간 지루해졌는지도 모르겠다.

여전히 뉴질랜드가 좋지만 페이 문제는 두 번째라 조금 짜증이 났다.

2003년 11월 9일 📷

헤이스팅스에서의 일을 오늘로서 끝냈다. 꽤 괜찮은 일이다. 일하는 도중 음악을 들어도 되고 서로 이야기를 나누어도 된다. 무엇보다 쉽다. 시간 당 페이가 높진 않았지만 매일 9시간 반 일했고 월요일부터 토요일까지 일했다. 이번 주에 50시간 일했고 약 400달러를 벌었다. 한 주에 번 최고 금액이다. 여기에 한 달 더 있으면 1000달러 이상 모을 수 있겠지만 내일 떠나기로 결정했다.

오늘 밤 사무실에서 하루 묵기로 결정했다. 그냥 그들이 어떻게 사는지 보고 싶을 뿐이다. 사무실엔 많은 사람들이 모여 같이 지내고 있다. Maori, Kiwi, 여러 국적의 사람들….

시간과 돈이 충분치 않다. 영어, 분명히 나에게 매우 중요하다. 하지만 경험이 영어보다 더 중요하다. 오늘 밤 파티가 기다려진다.

Hastings에서 줄곧 Shu와 함께 트윈 룸에서 지냈다.

Nao가 그러했듯 그 시기가 우리에게도 찾아왔음을 암묵적으로 느꼈던 것 같다. 우린 쿨하게 헤어졌다. Shu에게 난 모자를 요구했고 대신 옷 가지를 내 주었다. 나에게 큰 도움이 되었던 친구다.

백팩커에서 여러 한국 사람들을 만났다. 형 그리고 영어를 참 잘하는 누나, 한 살 많았던 누나, 여러 일본 친구들을 만났고 특별히 친하게 지낸 백인은 없었지만 가끔 어울리곤 했다.

나름 즐겁게 지냈고 Whole Moon Party에 갔다 왔다. 불을 지피고 모여서 음악을 틀고 술을 마시고 그랬다. Shu는 그 와중에 북 같은 악기를 가지고 와 연주했다. 이래 저래 재주도 많고 눈에 띈 다. 생각만큼은 아니었지만 나름 재미는 있었다.

마지막 떠나기 전 날 수퍼바이저 사무실에서 하루 밤 묵었다.

여느 백팩커와 큰 차이는 없었다. 차에서 지내는 사람들이 많았다.

2003년 11월 10일

웰링턴에 다시 왔다. 내일 블렌헴으로 갈 예정이다. 블렌헴으로의 두 번째 도전이다. 처음에 실패해서 그런지 조금 설렌다. 5월까지 북섬으로 돌아올지는 모르겠다. 남섬에 6개월 정도 있을 예정이다. 남섬에 친구들이 여럿 있으니 괜찮을 거 같다.

헤이스팅스에서 여기까지 6번에 걸친 히치하이킹 끝에 도착했다.

아침 7시에 사무실에서 출발해서 8시에 시내에 도착했다. 은행 영업이 9시부터라 9시까지 기다려야 했다. 은행에 가서 Payment 를 주니 직원이 Payment에 문제가 있다고 한다. 사무실에 전화를 하고 나서 나보고 사무실로 돌아가서 수표를 받아오라고 한다. 장난을 친 거 같기도 하다.

다시 사무실로 걸어 돌아갔다. 화가 나 있었지만 그녀는 별 신경 쓰지 않았다. "Hi" 라고 인사말만 했다. 수표를 받아 들고 아까 그 ASB 은행으로 돌아가 현금으로 교환했다. 5달러를 수수료로 냈다.

왜 5달러를 냈는지 모르겠다.

현금으로 교환한 후 200달러를 저축했다. 메인 도로로 나와 2시간 동안 히치하이킹을 하는데 아무도 서지 않는다. 오전부터 많이 걸어서인지 피곤했고 포기할까 하는 생각이 들기 시작했다.

"Please Wellington"이라고 쓴 박스를 버리고 타운으로 걸어오는데 한 Kiwi 남자가 Papakura 까지 태워준다. Delivery 다.

Papakura에서 다시 히치하이킹을 시도했다. 조금씩 지쳐가고 있을 때 한 Maori 군인이 날 태워준다. 중간에 Fish and Chips도 사준다. 맛있게 먹었다.

Palmerston까지 태워준다. 친절해서 사진도 찍었다. 차에서 내리자마자 한 Kiwi가 내 앞에서 멈췄다. 한 시간 정도 날 태워주고 갔다. 어디인지는 모르겠다. 몇 분 후 남아프리카 공화국에서 온 남자가 날 태워주었고 이어서 Kiwi 여자가 웰링턴 40km 이전까지 날 태워준다. 마지막으로 영국에서 온 남자가 웰링턴 기차역까지 날 태워줬다.

좋은 경험이었다. 예전의 그 백팩커로 가지 않고 BBH 다른 백팩커에 왔다. 괜찮다.

오늘 두 개의 전화카드, 담배를 사는 데 50달러를 지출했다.

지난 석 달 간 함께였던 Shu와 헤어졌다. 우리 둘을 위해 헤어질 시기가 된 것이다. 다시 만나기 어렵겠지만 언젠가 보고 싶다. 사진이랑 비디오를 메일로 보낼 생각이다.

다시 혼자가 되었다. 가끔 외롭긴 하지만 사실 혼자 여행하는 걸 선호하는 편이긴 하다.

여기 6개월 더 있을 생각이니 친구가 필요하다. 여자 친구도 있었음 좋겠다. 새로운 여자 친구를 만들고 새로운 일, 새로운 백팩커를 찾아야겠다.

몇 가지 선택을 할 수 있다. 걱정할 필요는 없을 거 같다. 여행을 위해 3000달러 정도 모아야겠다.

2003년 11월 11일

다시 블렌헴에 왔다. 방에 나 외엔 아무도 없다. 근사한 트윈이다. 단지 혼자라서 지루하다.

여기서 여러 친구들을 다시 만났다. Gaz, Nao, Abrahum 그리고 프렌치 커플도 곧 볼 수 있을 것이다. Nelson으로 간다고 했던 Gaz는 Nao와 함께 Jack's 백팩커에 있었다. 일주일 전에 이리로 왔다고 한다.

내일 이 호스텔을 떠날 생각이다. Worker 용 침대가 없다고 한다. 무엇보다 나보다 늦게 온 한국 여자는 방을 구하고 내일부터 일을 한다고 했다. 매니저에게 조금 짜증이 난다.

그래서 내일 다른 호스텔로 옮길 생각이다. 바로 일을 구했음 좋겠다. Jack's 로 가고 싶었지만 자리가 없어 Honi-B 백팩커로 가기로 했다.

오늘 Abrahum과 이야기를 나누었다. 내 영어에 자신은 없지만 오늘 그의 말을 이전에 비해 꽤 많이 알아 들었다. 석 달 전보다 꽤 많이 늘은 거 같아 기분이 좋다. 여전히 Gaz가 하는 말은 도통 알아듣기가 어렵다. 그래도 조금씩 나아지는 거 같다. 천천히.

오늘 머리가 아프다. 저녁을 먹지 않았는데 배도 고프지 않다.

미도리와 남자친구도 다시 만났다. 예전 그 백팩커에 머물고 있었다. 무척 피곤해 보였다.

약간 생활에 지친 듯 보였다. 여기에선 예전처럼 반갑게 맞아주는 사람이 별로 없다.

아마 첫날이고 모르는 사이라 그런 것 같다.

2003년 11월 12일

잠이 쉽사리 오지 않아 괜찮은 잡지를 한 권 읽고 다시 일기장을 펼쳤다. 무엇을 쓸까 고민이다.

오늘 인터넷을 사용했다. 다음에 대천 고등학교 친구들이 만든 카페가 있다. 한국에 있을 때 서로 안부를 전하거나 모임 관련 내용을 공유하기 위한 것인데 오늘 가보니 나를 위한 공간을 새로 만들어 놓았다. 기분이 남다르다. 나를 위해 따로 공간을 만들어주다니… 나도 인사라도 하려고 글을 쓰려는데 인터넷이 이상하다. 한글 지원이 잘 안 되는지 글이 써지지 않는다. 다시 2달러 동전을 넣고 겨우 글을 썼다. 4달러, 한국 돈 3000원을 글 한 번 쓰기 위해 지출했다. 한국에선 그다지 크게 생각하지 않고 썼을지도 모를 금액이지만 지금 난 뉴질랜드에 있다. 필요 외 지출은 삼가야 한다. 지금 1달러 동전에 심각한 내 모습을 본다면 친구들은 웃을지도 모르겠다.

어제 엄마에게 전화했더니 돈이 필요하냐고 묻는다. 만약 필요하다 했으면 돈을 보내줬을지도 모르겠다. 하지만 지금 어떤 도움도 부모님으로부터 받고 싶진 않다. 여기서 충분히 돈을 벌 수 있고 모을 수 있다. 내년 3월까지 3000달러를 모은다면 여행도 할 수 있다.

헤이스팅스에서 얼마나 벌었는지 모르겠다. 사무실에서 내일 내 지난 페이를 송금할 것이다.

내일은 현금을 좀 찾아야 한다.

숙박비는 여기가 조금 비싸다. 오늘 21달러를 지불했다. 오늘 여기서 아무것도 안 했다. 샤워, 요리, TV… 그냥 귀찮아서…. 벌써 2시다. 이상하게 잠이 안 온다. 커피를 너무 많이 마셨나 보다.

영어공부를 계속 해야 한다. 정체되어 있는 기분이다. 확실히 영어로 일기 쓰는 것이 이전 보다 많이 편해진 걸 느끼지만 더 이상의 발전이 없는 것 같다. 동일한 표현법, 문법, 문장이다. 자야겠다.

Honi-B 백팩커이다. 나보다 3살 많은 형이 있다. 반갑게 날 맞이한다. 랭귀지 스쿨에서 6개월 있다가 지금 여행 중이라고 했다. 상당히 쿨하다. 음식을 공유해서 같이 먹자고 해서 오늘 점심으로 샌드위치 세 개를 형을 위해 만들었다. 여기서 음식 공유하는 게 썩즐겁진 않지만 상관없다. 내일은 형이 점심을 만들 것이다. 오늘 2명의 여자를 만났다.

영국 할머니와 일본 여자아이다. 할머니는 무척 친절했다. 마트에 쇼핑하러 같이 갔다 왔고 점심도 같이 먹었다. 할머니가 식용유 없이 끓는 물에 계란 요리 하는 법을 알려 주었다. 이런 저런 얘기를 나누었고 저녁에 와인도 한잔 얻어 마셨다. 할머니와 일본 여자 둘다 마음에 든다.

Kaori 도 오늘 여기 도착했는데 알아서 척척이다. 전단지를 보더니 여기 저기 전화를 한다. 그러더니 금방 일자리를 찾더니 내 일자리까지 구해 준다. 오늘은 행운이 가득한 날이다.

하나 더 이 호스텔은 밥통으로 요리한 밥을 매일 저녁 제공한다. 그래서 더 이상 밥을 할 필요가 없다. 그냥 반찬이나 수프만 만들면 된다. 단지 모두가 친절한 분위기는 아니다.

저녁 식사 후 모두가 어디론가 사라져 버렸다. 조그마하고 깨끗하고 친밀한 분위기의 호스텔이다.

어쨌든 내일 오전 7시부터 일을 시작하기로 했다. 얼마를 받을지는 모르지만 크게 개의치는 않는다. 오늘도 술 마시고 놀고 싶지만 내일 일찍 일어나야 하니 참기로 했다.

시간은 빨리 간다.

오랜만에 일기장을 열었다.

연속 11일 째 일하고 있다. 헤이스팅스에서 나에게 Holiday 페이를 지급했다.

여긴 매우 괜찮은 호스텔이다. 영국 남자, 한국 형을 만났고 인디언 콘트랙터와 일을 하고 있다.

그들을 많이 신뢰하는 건 아니다. 처음엔 시간 당 11.5 달러였는데 페이를 받아보니 22.5%를 세금으로 제한다고 한다. 22.5%는 너무 많은 거 같다. 콘트랙터에게 불만이 조금 있다.

어쩌면 그들도 날 좋아하지 않을지도 모른다. 나도 불평을 많이 했다.

이틀 전 한 Kiwi 남자가 페이를 수표? 현금? 무엇 받는지 물어봤다. 사실대로 현금으로 받는다고 했다. 나도 세금이 어떻게 되는지 물어보니 20%라고 한다. 사실 세금에 대해 잘 아는 것 같아 보이진 않았다. 어쨌든 얼마 후 인디언 콘트랙터에게 무진장 따진다. 인디언들은 화가 많이 났다.

일을 마친 후 인디언 보스가 나에게 전화를 걸었다. 나보고 입 조심 하라고 한다. 나도 화가 나서 세금이 왜 다르냐고 따지면서 잠깐 언쟁이 일었다.

정확히는 모르겠지만 Kiwi 남자는 더 이상 안 보였고 난 계속 일하고 있다.

곧 내 생일이다.

Honi-B에 도착한 첫 날 Kaori를 만나 일을 구했고 영국 남자 Shane을 만났다. 우린 같이 일하기도 했고 퇴근 후엔 같이 맥주를 마시면서 꽤 친해졌다. 한국 형 하고도 조금 친해졌고 일본 친구들을 많이 만났다. 숙소엔 일본 여자들이 많았다.

브라질 3총사가 있었는데 아주 꼴통들이다. 나와 어울려 노는 것을 좋아한다.

오늘은 매우 중요한 날이다. 왼쪽 팔에 문신을 새기기로 했다. 상당히 긴장된다.

여기서 4살 많은 일본 여자애를 만났다. 꽤 귀여웠다. 그녀를 얻고 싶다는 생각을 했다. 하지만 쉽지 않다. 우선 난 너무 부끄럼이 많고 그녀는 곧 여기를 떠나 남섬을 여행할 계획이다.

생각을 정리해 보니 역시 그녀의 남자친구가 되는 건 어려운 일이다. 그녀도 나를 좋아하는 거 같다. 나도 그녀가 좋다. 만약 그녀를 얻는다면 매우 행복할 것이다. 그리되면 그녀의 여행에 동행해야 할 것이고 난 충분한 돈이 없다. 또 Shane을 비롯한 새로 사귄 친구들, 자유 등등을 포기해야 한다. 마음이 복잡하다.

내일에 대해선 너무 생각할 필요가 없다. 오늘 하루 내 인생을 즐기는 것이 중요하다.

멋진 문신을 얻을 것이다.

2003년 11월 31일

정말 화창한 날이다. 그녀는 Nelson으로 떠났다. 어젯 밤 우린 데이트를 했다. 즐거운 시간이었다. 공원에 같이 가서 걷고 이야기 하고 그러다 숙소로 돌아왔다. 그녀가 날 좋아하는 건 분명한 거 같은데 그냥 떠났다. 조금 보고 싶다. 그래서 조금 침울하다.

인디언과 일 하는 걸 그만뒀다. 새로운 일을 구해야 한다. 무엇을 해야 할지 모르겠다. 지난 금요일 문신을 새겼는데 엄마 생각이 난다.

코리안 블랙 가이. 브라질 친구들이 가끔 날 이렇게 부른다. Korean Darky Guy, My fish.

2003년
12월

2003년 12월 5일

점점 게을러지는 것을 느낀다. 공부를 계속하고 일기를 매일 써야 하는데 요즘 일주일에 한 번 정도 쓰는 거 같다. 좋지 않은 현상인데 어쨌든 공부할 기분이 아니다.

뉴질랜드에 온지 어느새 5달이 지났다. 내 생각에 참 열심히 공부한 거 같은데 여전히 알아 듣기가 힘들다. 그래서인지 영어에 조금 지친 거 같다. 문신에도 약간 문제가 생겼다. 색깔이 약간 빠져 나갔다. 오늘 다 같이 Nelson에 가려고 했다가 대신 호스텔에서 우리만의 파티를 열었다.

이상하게 파티가 즐겁지 않았다.

호스텔의 여러 친구들과 어울려 술을 자주 마셨고 파티도 종종 열었다.

다른 호스텔 파티에도 가고 비치로도 같이 놀러 다녔다. 클럽에도 가끔 가서 춤추고 놀고 어쨌든 정신 없이 놀았다. 브라질 녀석들은 일본 여자애들, 유럽 여자애들 꼬시려고 이리저리 노력했고 난 Misako를 보낸 후 흥미를 잃고 Shane과 붙어 지냈다. Shane은 무척 쾌활했고 재미있다. 덩치가 큰 Kiwi 남자 Rob는 럭비를 했다고 했다. 가끔 우리 앞에서 All Blacks 세레모니를 보여주고 했다.

2003년 12월 7일

아주 피곤하다. 어제 큰 파티가 있었다. 난 제대로 즐기지 못했다. 지금 무엇을 하고 있는지 조금 혼란스러웠다. Misako에게 나름 러브레터 이메일을 보냈다. 그리고 그저 답장을 기다리고 있다. Shane이 Rob, Scott과 함께 넷이 방을 구해 나가자고 한다. 숙박 비용도 줄이고 내 영어를 위해 무척 좋은 제안이지만 조금 망설여진다.

오늘 다른 인디언 콘트랙터가 주선한 파티에 갔다 왔다. 꽤 괜찮은 파티였고 거기서 미도리를 만났다. 우린 한 시간 가량 이야기를 나누었고 난 약간 실망했다. 타우랑가에서 그녀는 나의 영어 선생님이었고 내 기억 속에 그녀는 매우 영어를 잘했다.

그녀는 매우 잘 알아들었다고 나는 믿었고 나에겐 큰 사람으로 보였다. 그녀의 영어가 무척이나 부러웠으나 더 이상은 아니다. 이유는 모르겠다. 미묘한 감정이다.

우울하다. 아주 우울하다. 내일부터 체리 피킹을 하기로 했다. 농장까지 자전거를 타고 갈 생각이다. 15분 정도 거리다. 벌써 점심 준비를 해 놓았다.

근래 무척이나 혼란스러웠다. 많은 새로운 친구들을 만났고 매일 밤 술을 마시고 놀면 하루하루가 즐거웠다. 여자를 그리워하는 마음이 있었고 문신을 했다. 문신을 하고 나니 가족 생각도 조금 났고 생일이 다가올수록 한국이 그리워졌다. 생일날 미역국이 먹고 싶어 동네 마트를 여러 군데 돌아 다녔는데 미역 파는 곳은 없었다. 술에 취했다고 할까 노는데 취해 있었다.

가끔 같이 레스토랑에 가서 스테이크도 사 먹고 Kiwi 친구들과 함께 당당히 클럽에도 갔었다. 누군가 시비를 걸면 힘센 Scott이 한 마디 하곤 했다.

가끔 Gaz를 만나 술 마시며 놀았다.

여기 저기 호스텔을 돌아다니며 많은 친구들과 어울렸다.

2003년 12월 12일

오늘은 너무 덥다. 다음주 쯤 모투에카로 이동할 생각도 있었으나 모투에카에서 온 사람 얘길 들어보니 별로 라고 한다.

내 생일은 소리 없이 지나갔다. 난 여전히 침울하고 혼란스럽다. 영어로 인해 무척 피로한 상태이다. 체리 피킹 중 만난 Kiwi 커플과 함께 낚시를 갔다 왔다. 그들은 캠핑카에서 생활했고 같이 잡은 생선으로 저녁을 해결했다. 난 여러 마리 잡았는데 그 중에서 작은 것들은 모두 바다로 돌려 보내야 했다. 그들이 보기엔 너무 작다고 한다. 거기서 텐트를 치고 하루 밤 같이 잤다.

즐거운 경험이었다.

오늘 일하러 갔다 11시에 끝나 일찍 돌아왔다. 가족, 친구에게 보낼 엽서 몇 장을 샀다. 옷 가지와 엽서를 한국으로 보낼 생각이다. 드디어 내 백팩이 가벼워 보인다.

내일도 일을 하러 갈 것이고 타투 숍에 가서 문신을 고쳐달라고 할 생각이다. 색깔이 완벽했음 좋겠다.

지금 친구들과 즐거운 BBQ 파티를 하고 있다. 오늘 해변으로 가서 큰 파티에 조인하려 했는데 Scott 친구 - 버스 기사가 길을 헤매다가 결국 못 찾고 호스텔로 돌아와 우리만의 파티를 즐기고 있다. 배가 좀 나오기 시작한다. 음식 조절 좀 해야겠다.

생각해보니 문신이 완전히 새겨 들기 전 자다가 긁은 기억이 어렴풋이 난다. 그때 색깔이 좀 빠졌을지도 모른다. 타투 숍에서 문신을 다시 새긴 날 Jack's 에 놀러 갔다. Gaz, French 남자와 이런 저런 얘기를 하고 있는 중 한국계 미국 여자를 만났다. 조금 반가웠다. 생김새는 여느 한국 여자와 다름 없었지만 한국 말은 전혀 못했다. 한국에서 영어 교사로 일한 적이 있던 백인여자도 만났다. 나한테 친절했다.

오늘은 쉬는 날이다. 친구들과 함께 비치로 놀러 갈 예정이다.

블렌헴에서의 시간은 약간은 술에 취해 있었고 여러 일들이 있었다.

Shane을 만나 친구를 얻었고 브라질 꼴통 녀석들을 만나 같이 꼴통처럼 놀고 일본 여자애들을 만나 영어에 눌려 있었던 이성에 대한 호감이 다시금 생겨났다.

Misako와 나는 그렇게 끝이 났다.

문신을 하고 돌아온 날 약간 침울해있던 날 위로해 주던 영국 여자가 생각난다. 아이는 처음엔 그다지 눈에 들어오진 않았다. 약간 순하게 생겼다고 해야할까? 조금은 귀여운 느낌, 그 정도이었던 거 같다. 떠나는 날 방에서 둘이 잠깐 같이 있었던 적이 있다. 얼굴을 꼬집었는데 얼굴이 조금은 얼어 있었던 기억이 난다.

블렌헴에서 참 많은 사람을 만났고 매일매일이 파티였다.

한국 형 하나는 돈을 많이 모았는데 비자 만료가 가까웠다고 했다. 한국에 갔다가 다시 온다고 했었다. 블렌헴을 떠나는 날 크라이스트 처치까지 차로 날 태워줬다.

처치로 떠나는 날 브라질 3인 중 하나가 아쉬워서 그랬는지 처치까지 따라왔다. 우린 꽤 친하게 지냈다. 한국 식당에서 셋이 함께 밥을 먹었다. 브라질 친구가 맛있다고 한다.

둘을 보낸 후 호스텔 예약도 하지 않은 상태에서 처치 공원에 누워 한참을 잤다.

떠나기로 마음 먹은 건 12월 25일 크리스마스 날이다. 크리스마스라 백팩커 식구들이랑 다 같이 아침 일찍이 교회를 찾았다. 교회에서 준비한 음식을 먹고 함께 한 여름의 크리스마스를 즐기다 다들 Honi-B 백팩커로 모였다. 난 Gaz를 데리고 갔는데 어디서 모였는지 엄청난 수의 녀석들이 모였다. 그날 뻑 갔다. 술에 취해 대낮부터 뻗어버렸고 친한 녀석들 몇몇이 재미있는 사진까지 찍어줬다. 오후 늦게야 정신을 차려고 떠나기로 결심했다. 다음날 무작정 처치로 향했다.

백팩커에서 하루는 일본애들, 중국여자 그리고 내가 같이 있는데 Shane이 아시아 최고 국가는 어디냐고 물어봤다. 심각한 질문이 아니라 그냥 물어본 거였는데 난 생각 없이 한국이라고 대답했다. 일본, 중국 양쪽 다 자기 국가에 대한 자부심이 있었을 것이다.

블렌헴을 떠나기 전 미도리가 찾아왔었다. 그 날 술에 너무 취해 쓰러져 있던 때라 무슨 말을 하는지 도통 집중이 되지 않았다. 그냥 같이 온 남자친구 한국 형이랑 이런 저런 많은 얘기를 했다.

하루는 일하는 중 중국 사람과 시비가 붙은 적이 있는데 한창 언쟁을 벌이다 뒤를 돌아보니 엄청난 수의 중국인들이 있었다. 살짝 서늘해졌다고 할까?

참 즐거운 시간을 보냈다.

지금 Akaroa에 있다. 좋은 곳이다. 오늘 Kayaking을 했는데 괜찮았다. 여기 더 머물고 있고 싶지만 내일 떠나야 한다. 처치로 돌아가 아이를 만날 예정이다. 만난 후의 일은 어찌될지 모르겠다.

3일 전 블렌헴을 떠나 처치로 왔다. 백팩커 식구들 아무도 모른다. 내가 왜 블렌헴을 떠나왔는지….

나도 잘 모르겠다. 머리 속이 아직 복잡하지만 많이 나아졌다. 여기서 많은 한국 사람을 만났다. 처음 한국 사람과 얘기할 때 나도 모르게 한국말이 어눌하게 나오곤 했다. 발음과 표현이 조금은 서툴게 나오곤 했다.

내 문신을 보고 조금 놀라는 사람도 있었다. 몇몇 유럽 사람들도 내 문신을 좋게 보지 않는 듯 느껴졌다. 다시 혼자가 됐다. 또 다른 친구를 사귀어야겠다. 그리 어렵진 않을 거 같다.

문신에 대한 편견을 나 스스로 가지고 있어서인지 내 문신에 대해 내가 강박관념을 가지고 있는 거 같다.

무작정 처치로 떠나와 공원에서 잠을 깬 후 호스텔을 찾아 이리저리 헤매다 BBH에 묵었다.

호스텔에서 도우미로 일하고 있는 동갑내기 한국 남자를 만났다.

처치에서 우연히 와이우쿠 토마토 농장에 같이 있었던 해범이 형을 만났다. 반가웠다.

간만에 삼겹살에 소주를 마셨다. 내가 샀다. 해범이 형도 여기 저기서 일을 하다 이리로 왔다고 한다. 그리고 곧바로 다른 곳으로 간다고 했다.

블렌헴 친구들이 쓴 메모를 보고 있는데 아이가 곧 이리로 온다고 한다. 떠나기 전 얼굴을 꼬집었던 그 여자애다. 메일로 연락해 만나기로 하고 Akaroa에 놀러 갔다.

Akaroa 백팩커는 산중에 있었고 당시 난 아무런 음식 재료가 없었는데 여긴 하루에 한두 번 차로 필요한 물품을 백팩커에서 사다 나르는 곳이었다. 난 아무것도 몰랐고 이틀 머물 예정이라 그냥 버텼다. 물품을 사다 나르는 것도 나중에야 알았고 머무는 동안 호스텔에서 판매하는 1달러 짜리 머핀으로 허기를 달랬다.

일본에서 여기까지 낚시 하러 온 남자를 만났는데 나에게 꽤 친절했다. 휴가 중 여기까지 왔는데 역시 엄청나게 큰 고기를 잡아왔다. 요리해서 나에게 반을 주었다. 허기를 채워준 고마운 친구다.

낮 시간에 카약킹도 하고 다 같이 모여 배구, 럭비도 하면서 놀았다. 재미있었고 머리가 맑아지는 느낌이었다.

처치로 돌아와 아이를 만났다. 저녁 늦게 둘 다 배낭을 맨 채로 그렇게 만났다.

둘이서 호스텔을 찾아 헤매던 중 도우미로 일하고 있던 치를 만났다. 그 호스텔에 방이 없었고 다른 호스텔에 3인 실 중 침대 두 개가 비어 있었다.

짐을 풀고 나와 한국 식당에 가서 밥을 먹었다. 내가 계산하려고 하니 자기 건 자기가 낸다. 맥주를 사서 공원에서 마셨다. 그렇게 얘기를 나누다 친해졌다.

2003년 12월 31일

아침에 눈을 뜨니 고맙게도 나머지 다른 하나의 침대가 비어 있었다.

우리 둘 때문에 조금 불편했었나 보다.

저녁에 처치 공원에서 큰 페스티벌이 있어 아이와 함께 나가니 아이 친구들이 여럿 있다. 블렌헴에서 같이 있었던 치야코도 있다. 명랑하다.

아이가 짐짓 멀리하길래 나도 자연스레 떨어져 있다 카코 무리를 만났다.

처치 중심가에 엄청난 수의 사람이 모였고 밴드 공연에 이러 저리 정신 없었다. 밤 늦게 공연이 끝나고 자연스레 다들 헤어졌다.

아이는 친구들과 함께 친구네로 갔다. 약간 쓸쓸했다. 카코네랑은 마지막에 헤어졌다.

2004년

1월

2004년 1월 1일

아침 일찍 호스텔로 아이가 왔다. 나도 기다렸다.
아이랑은 다음에 만나기로 약속하고 헤어졌다.

2004년 1월 4일

드디어 2004년이다. 26살. 어느 새 20대 중반이다.

3일 전 Roxbourgh 에 왔다. 작고 조용한 마을이다.

Boxing Day 블렌헴을 떠났다. 블렌헴 식구 모두가 왜 블렌헴을 떠나는지 물었지만 난 아무 대답하지 않았다. 계속 있다간 그 생활에 젖을 것 같았고 최대한 빨리 떠나야 한다는 생각이 그날 들었다.

지금은 기분이 많이 좋아졌고 일을 찾는 중이다. 처치에서 한 일본 소녀를 만났고 아주 귀엽지도 예쁘지도 않지만 내 눈엔 충분히 귀여웠다. 하지만 아이는 날 전적으로 신뢰하는 것 같지 않다. 오늘 오클랜드로 가는 날이다.

크라이스트 처치에서 Alexandra로 바로 가는 버스가 없다. 사실 아무런 정보가 없다. 근처 마을까지 가는 버스가 있어 타고 내려오니 알렉산드라로 가는 버스는 없다고 한다.

BBH 책자를 뒤져보니 Roxburgh 백패커가 눈에 띈다. 그렇게 백패커 안내 책자를 손에 쥐고 히치하이킹을 시도했다. 브라질 여자들이 태워준다. 셋 있었는데 마침 Alexandra에서 체리 픽킹을 하고 있는 중이었다. 체리 픽킹은 이미 시즌 중이었고 셋은 농장에서 지내고 있다고 한다. 친절히 Roxburgh 백패커까지 태워 준다.

500달러 정도 저렴한 차를 구입할까 고민 중이다. Otago 지역 여행을 할 생각이다.

호스텔에서 헤이스팅스에서 만났던 한국 누나 둘을 만났다. 상당히 쿨 하다. 둘은 내일부터 일을 시작한다.

2004년 1월 5일

　오늘 사과 농장에서 일했다. 쉽지 않은 일이었지만 열심히 하면 100달러는 벌 거 같다. 사람들과 얘기하며 놀고 싶은데 여긴 좀 지루한 곳이다. 아무도 파티를 하지 않는다.

　오늘 Honi-B에 전화했다. 다들 보고 싶다. 하지만 남섬을 두루두루 여행하고 싶다.

　내 차로 남섬을 여행하고 싶다. Shane이 2주 후에 내려오기로 했다. 다시 만나고 싶다. 아이도.

2004년 1월 6일

변덕스러운 날씨다. 비, 바람, 구름, 햇빛의 반복이다. 여긴 너무 지루하다.

지금 알고 있는 걸 그때 알았더라면 더 많은 친구를 만나고 더 많은 사랑을 하고 더 즐겁게 놀았을 것이라는 시 구절이 생각난다.

너무 피곤하다. 세 시간밖에 못 잤다. 오늘 늦게까지 일했다. 여긴 지루하고 할 게 많지 않다. Shane 올 때까지 그냥 열심히 일할 생각이다.

같은 숙소에 루마니아 친구가 한 명 있는데 나와 같은 곳에서 일한다. 나보다 더 일찍 시작해서 더 늦게까지 일하고 나보다 빠르다.

2004년 1월 8일

며칠 째 힘들게 일한 대신 꽤 많은 돈을 벌었다. 곧 차를 살 수 있을지도 모른다.

Shane 오기 전까지 그냥 열심히 일할 생각이다. 빨리 왔음 좋겠다.

타우랑가에서 만난 친구 Shu와 오늘 통화했다. Shu는 나에게 행운 같은 존재였다. 많은 걸 배웠고 큰 힘이 됐다.

모레 일본으로 돌아간다고 한다. 다시 볼 수 있을 것이다. 우린 동남아에서 다시 만나기로 했다.

아직 Shane로부터 전화가 없다. 전화가 왔을 때 뭐라고 말해야
할까?

체리피킹은 시즌이 끝나간다. 2주 남았다고 한다. 그리고
Thinning Apple은 너무 힘들다.

어쨌든 Shane이 올 때까지 여기 머물고 얘기해 본 후 더 머물지
떠날지 결정해야겠다.

Misako가 메일을 보내왔다. 타이밍이 안 맞다. 내가 Akaroa 그
호스텔을 떠난 날 거기 도착했다고 한다. 크라이스트 처치도 마찬
가지다. 하나면 충분하다.

2004년 1월 11일

오늘 체리픽킹을 했다. 몸이 너무 피곤한 상태여서 천천히 했다.
요즘 너무 많이 먹는다.

여긴 돈 모으기에 좋은 장소인 거 같다. 대신 지루하다.

좀 신나는 곳을 찾아야 할 거 같다.

2004년 1월 17일

　Shane이 3일 전 도착했다. 그래서 기분이 좋다. 트윈에 같이 있어서 방에서 담배 피고 술 마시고 그러고 있다. 오늘 Yukiko, Shane 에게 저녁을 대접했다.

　요 근래 요리한 적이 없다. 곧 여기를 떠날 생각이다. 너무 지루한 곳이다. 아이가 보고 싶다.

2004년 1월 18일

바람이 세차게 분다. 오늘 쉬는 날이다. 사람은 가끔 쉬어야 한다. 오늘 몸무게를 재 보니 65Kg이다. 여기 오기 전 75Kg이었는데 10Kg이 빠졌다. 좀더 영양적인 음식을 먹어야겠다. 라면, 토스트 등 영양가 없는 음식은 좀 자제해야겠다.

따뜻한 바람이 강하게 분다. 조금 전 인포센터에 갔다 왔다. 인포에 가니 Berry 일이 있다고 한다.

어쩌면 배리 농장에 갈지도 모르겠다. 농장에서 숙소를 제공하니 교통 수단도 필요없고 왔다 갔다 하느라 시간 낭비도 없다. 괜찮을지도 모르겠다.

Shane이 도착하던 날 계단에서 휘파람을 불면서 "Danny Boy" 하고 부르며 계단을 올라왔다.

같은 숙소에 블렌헴에서 같이 있던 Yukiko, 일본 남자가 있었다. 우린 Yukiko와 친했다. Yukiko는 체리 시즌이 시작할 때 내려와 지금껏 체리 일을 하고 있었다.

셋은 저녁을 공유하기로 했고 첫 날은 Yukiko, 다음 날은 나 그리고 셋째 날은 Shane 차례였는데 Shane이 저녁을 하지 않았다. Yukiko는 많이 삐쳤으나 곧 풀어졌다.

Shane은 안주 없이 맥주를 한 짝도 마실 정도로 맥주를 좋아했다.

보기와는 달리 여자 앞에선 쑥맥이라고 할까? 여자랑 잘 어울리진 않았다.

　Shane이 도착한 날 백팩커 식구들과 처음으로 놀러 나갔다. 한
국 누나들과 동행했다.

2004년 1월 19일

처음으로 뉴질랜드에서 나보다 어린 한국 남자를 만났다. 지금 같은 방에 있다.

더니든으로 여행 갈까 생각 중이다. Thinning Apple 그리고 이 호스텔은 지루하다. 기분 전환을 해야겠다.

벌써 7개월이 지났다. 시간은 참 빨리 지나간다. 그래도 시간이 충분하니 좀 더 둘러볼 생각이다. 다음엔 모두에카, 넬슨 이 지역으로 갈 생각이다.

난 참 행운이 따르는 거 같다. 여기서 좋은 사람들을 만났고 좋은 곳에서 지낼 수 있었고 여러 가지 경험을 쌓을 수 있었다.

Wanaka에서 스카이 다이빙을 할 생각이다.

이제 이곳을 떠나 다른 곳으로 갈 생각이다. Shane의 전화를 기다리고 있다.

세 가지 선택을 할 수가 있다.

첫째, 더니든 여행 후 Cromwell로 가서 Alexandra로 가는 것.

둘째, 더니든 여행 후 여기로 돌아와서 돈을 좀 더 모으는 것.

셋째, Shane이 좋은 장소, 일을 찾아 오는 것.

어쨌든 Wanaka 페스티벌에 갈 예정이다. 거기서 스카이 다이빙을 할 예정이다.

500달러 비용이 들긴 하지만 하고 싶다. 아이가 신경 쓰인다.

Shane은 며칠 전 좋은 장소와 일을 찾아 보겠다며 나갔다.

여기서 적당한 일을 구하지 못했다. 이것 저것 조금씩 했는데 적성에 안 맞았나 보다.

2003년 1월 24일

어제 더니든으로 왔다. 괜찮은 도시다. 뉴질랜드에서 7개월 간 지내는 동안 예약을 제대로 하지 않았어도 용케 빈 숙소를 잘 찾곤 했는데 더니든에선 고생을 좀 했다. 호스텔을 찾느라 무거운 백팩을 메고 2시간 찾아 헤맸다. 다음부턴 미리 예약을 해야겠다. 오늘 초콜릿 공장이랑 갤러리를 둘러볼 생각이다. 내일까지 더니든을 여행 할 계획이다. 월요일부터 Cromwell에서 새로운 일을 찾아볼 생각이다. 오늘 하루 피곤하겠지만 즐거울 거 같다.

다리가 아프다. 오늘 초콜릿 공장에 갔다 왔다. 입장료를 12달러 냈는데 초콜릿을 조금 맛 볼 수 있었다. 초콜릿 공장을 둘러본 후 은행에 갔다 왔다. 어디서 잃어버렸는지 모르겠지만 은행카드가 없어졌다. 카드 재 발급 비용으로 15달러 냈다. 비싸다.

카드를 새로 만들고 나서 예쁜 가든에 갔다. 나한텐 초콜릿 공장보다 훨씬 나았다.

이후 여러 곳을 더 둘러 보았지만 가든보다 기억에 남는 곳은 없다.

내일 Cromwell로 간다. 거기서 Shane을 만나기로 했다. Queens Town 그리고 Wanaka 근처니 꽤 매력적인 마을일 거 같다.

2004년 1월 27일

차분해질 필요가 있다. 지금 블렌헴이다. 그리고 Jack's 에 Shane 와 함께 머물고 있다.

뉴질랜드에 온 지 7개월이 지났고 즐거운 나날들이었지만 조금씩 지루해지고 있다.

4월 초에 북섬으로 올라갈 생각이다.

4월에 동남아시아 여행을 하고 5월 중순 경 영국에 갈 생각이다. 아직 남섬에서 2달 정도의 시간이 있다. 두 달 간 열심히 돈을 모아야겠다. 아니 한 달 일하고 한 달 여행하는 편이 나을 듯하다.

Cromwell에서 Shane을 만났다. 좋은 일은 구하지 못했다고 한다.

한참 얘기 후 우린 같이 블렌헴으로 올라가기로 결정했다.

Cromwell 에서 묵은 곳은 캠핑장 같은 곳이었다. 꽤 넓은 규모의 숙소였고 많은 사람들이 모여 있었다.

블렌헴으로 올라오는 길은 꽤 길었다. 중간에 처치에서 정차하는 동안 Shane을 데리고 한국 식당으로 갔다. 난 밥을 먹었고 Shane 은 라면을 먹었는데 맛있다고 한다.

여느 한국 식당처럼 김치, 단무지 등이 반찬으로 나왔는데 밥을 반쯤 먹었을 때 내가 좀 더 달라고 해서 식당에서 반찬을 가져 왔는데 Shane이 내가 사는 거냐고 물어보길래 그렇다고 대답했다.

2004년 1월 30일 📷

　오늘 비가 와서 일찍 돌아왔다.

　이틀 동안 일이 없다고 해서 Shane이랑 Kaikoura에 갈까 생각 중이다. 내일 Shane이 일을 하러 가면 히치하이킹으로 갔다 와야겠다.

　아직 충분히 돈을 모으진 못했지만 크게 개의친 않는다.

　요즘 토스트랑 치즈를 많이 먹는다. 치즈가 너무 맛있다. 충이가 부탁한 학생증이랑 YHA 카드를 보내왔다. 돈을 조금 모았으니 힘들게 일할 필요는 없다. 빨래하고 나니 할 게 없다.

　Jack's 에서 한국 남자 셋을 만났다. 동갑내기 둘과 30살 넘은 형이다.

　셋은 같은 학교에서 이제 막 뉴질랜드에 왔고 근사한 차를 가지고 있다.

2004년
2월

Honi-B 로 돌아왔다. 깨끗하고 커피, 차 그리고 사람들… 좋다.

내가 없는 사이 여러 일들이 있었다. Scott은 도둑질 혐의로 호스텔에서 쫓겨 났다. 크게 신경쓰진 않았지만 길에서 만나 반갑게 인사하는 Scott을 만났을 때 나도 모르게 순간 멈칫했다.

브라질 3층 사는 말썽만 피우다 결국 쫓겨나 다른 곳에 있었다. 한두 번 보기는 했지만 전처럼 어울리진 않았다.

2004년 2월 3일

오늘 10시에 일어났다. 6시까지 기차역으로 갔어야 했는데 늦었다. 모두 일하러 갔다.

그래도 오늘 할 일이 많다. 여기서 동갑내기 한국 남자를 만났다.

Shane이 5월에 영국으로 오라고 한다. 아직 석 달의 시간이 있다.

곧 사과 픽킹을 하고 스카이 다이빙을 할 계획이다. 즐거운 여름이 될 거 같다.

오늘 아이가 오는 날이다. 오늘은 일하러 가지 않았다. 기차역에서 아이를 기다리고 있다. 기차역에서 기다리고 있는 나를 보니 조금 놀라는 눈치다.

우린 같이 백팩커로 돌아갔고 공원에 놀러 갔다. 백팩커로 Jack's에서 만난 한국 남자 셋이 놀러 왔을 때 내 여자라고 소개했다. 한국말로 소개했으니 아이는 못 알아 들었을 것이다.

아이가 머무는 동안 일하러 가지 않았다. 백팩커엔 친구들이 여럿 있었고 난 크게 신경 쓰진 않았지만 아이는 조금 조심하는 듯 보였다. 둘만 있고 싶어 둘이서 밖으로 산책 갔다 오곤 했다.

아이의 수첩엔 뉴질랜드에서의 남은 스케줄이 짜여져 있었다.

2004년 2월 15일 📷

며칠 후 그녀는 카이코라 여행을 위해 떠났고 난 다시 일하러 갔다.

아이가 떠난 그날 Shane와 차후 일정을 의논하던 중 문제가 생겼다. Shane이 말을 바꾼다.

순간적으로 짜증이 났고 북섬으로 갈까 하는 마음이 생겼다. 우선 아이에게 전화를 해야 했다.

북섬으로 올라가게 되면 아이를 다시 보긴 어렵다. 그녀의 스케줄 상에 더 이상의 북섬 여행은 없었다. 오후 늦게 통화가 되었다. 북섬으로 올라간다고 하니 운다. 이런 저런 얘기를 하다 보니 전화카드가 다 됐다.

친절한 매니저 mum이 전화기를 갔다 준다. Mum은 전부터 조금 눈치를 채고 있었다. 중년인 Mum에겐 이런 우리 모습이 귀여워 보였나 보다.

다시 돌아 왔을 때도 나에게 살짝 미소를 보였다. 아이에게 기다리라고 했다. 지금 간다고….

바로 가려니 차가 없다. 한국 친구들에게 부탁했다. 흔쾌히 부탁을 들어 준다.

오늘 한국 친구들과 함께 Jack's 에서 저녁 같이 먹기로 한 날이다. Shane과 함께 저녁을 먹고 맥주를 마셨다. 난 빨리 출발하고 싶었지만 기다렸다.

Shane이 나에게 묻는다. "Is that love?" 그리고 한 마디 한다. "Follow Heart".

저녁 늦게 카이코라에 도착했다. 언제 그랬냐는 듯 멀쩡하다.

둘이서 해변을 걷다 아이가 머물고 있는 숙소로 돌아 갔다. 늦은 시각이라 아무도 없었고 그날 난 호스텔 거실에서 무단 숙박했다.

이틀 간 카이코라 여행을 했다. 그냥 둘이라서 좋았다.

우린 또 헤어져야 했다. 아이는 남섬 여행을 계속했고 난 다시 블렌헴으로 돌아가야 했다. 모투에카에서 다시 만나기로 했다.

블렌헴으로 돌아오는 버스에서 일본 친구 둘을 만나 같이 돌아 왔다.

다시 돌아오니 이제야 상황이 파악된다. 백팩커엔 빈 침대가 없었다. Mum의 배려로 간이 침대가 놓여졌고 며칠간 난 간이 침대에서 지냈다. 같이 일하던 일본 친구가 대신 내 페이를 챙겨줬고 난 모투에카로 떠날 준비를 해야했다.

Honi-B에서 몸에 잔뜩 문신한 일본 친구와 동행하던 한국 남자를 만났는데 되게 순해 보였다.

며칠간 블렌헴에 머물다 모투에카로 이동했다. 모투에카에서 스카이 다이빙을 하고 아이를 만나 여행할 생각이다.

사과 픽킹일도 할 생각이다. 내가 먼저 모투에카에 가서 정보를 구한 후 Shane에게 알려 주기로 했다. 우린 지난 석 달간 함께였다. 블렌헴에서 처음 만나 파티, 술, 클럽 그리고 여행, 록스버에서 다시 여기로 돌아오기까지 서로에게 큰 의지가 되었다. 많은 것을 같이 했다.

여기 백팩커도 타우랑가 못지 않게 소중한 추억을 가진 곳이 되었다.

Mum은 친절했고 여기서 소중한 경험을 쌓았고 많은 친구를 사귀었다.

Yumi, Yukiko, 브라질 3 총사, Gaz, Shane 그리고 Ai.

이 시기 참 당당했다. 친구들이 많았고 일도 열심히 해 돈도 좀 모았다.

하루 하루가 행복했다.

2004년 2월 17일

모투에카다. 참 많은 일들이 있었다. 지난 주에 카이코라에서 아이를 만났다. 5일 동안 함께였다.

만약 북섬으로 올라갔다면 다시 보기 어려웠을 테지만 아이와 통화 후 그리로 갔고 지금 여기서 그녀를 기다리고 있다. 여기서 스카이 다이빙을 할 생각이다.

모투에카에 도착하니 BBH 백팩커에는 빈 침대가 없어 다른 곳으로 갔다.

호스텔에서 마오리 남자 Neil을 만났다. 우연히 얘기를 나누게 됐고 Neil도 일 구하러 여기에 왔다고 한다. 난 아이를 기다리는 동안 스카이 다이빙도 하고 아이랑 지낼 곳도 알아보면서 천천히 일을 찾아 보려 했는데 Neil은 상당히 적극적이다.

닐과는 금방 친해졌다. 우리 둘다 사과 픽킹 일을 구하고 있었던 터라 서로 쉽게 다가섰다. 함께 BBH 호스텔로 옮겼고 친구가 되었다.

닐은 인포메이션 센터를 찾아 사과 픽킹에 대한 이런 저런 정보를 발로 뛰어다니면서 모았고 이틀 후 사과 픽킹 일을 찾았다. 고맙게 내 자리까지 구해왔다.

백팩커에서 게스트를 위해 머핀을 만들었는데 개수가 많지 않았다. 보통 하나씩 먹곤 했는데 이럴 때 우린 코드가 맞았다. 둘째 날 둘이서 다 먹어 치웠다. 둘이서 열 개 가까이 먹었다. 그리고 그 다음 날부터 백팩커에서 머핀이 사라졌다.

사과 픽킹은 다음 주부터 시작하는데 닐은 돈이 넉넉하지 않았다. 숙박비가 모자라 텐트에서 지낸다고 하며 나에게 돈을 빌려 달라기에 빌려줬다. 나도 닐과 함께 텐트에서 지냈다.

일 구하기 전 스카이 다이빙을 하러 갔다. 스카이 다이빙장에 도착하니 블렌헴에서 만난 한국 친구도 스카이 다이빙을 하러 왔다. 그 친구가 인터뷰 하는 도중 끼어 들어 몇 마디 했다.

살짝 긴장했었던 터라 무슨 말을 했는지 기억이 안 난다.

나도 인터뷰를 마친 후 헬리콥터를 타고 올라가는 동안 무척이나 설레었다. 상공에 도착하니 나보고 먼저 뛰라고 한다. 아래를 내려다 보니 모든 것이 조그마하다.

찰나의 순간이었다. 뛰기 전의 설레임, 긴장, 두려움이 헬기에서 발을 떼는 순간 하늘을 나는 기분, 쾌락이라고 할까? 생각할 틈도 없었다. 나도 모르게 환호가 나왔고 온 몸이 짜릿했다.

내 생애 최고의 짜릿한 순간이었다.

다음 날 뉴질랜드 여행 중인 동갑내기 한국 남자가 왔다. 한번도 본 적 없는 여행 가이드 북을 들고서 뉴질랜드 여행 중이었다. 자주 먹던 치즈 토스트를 만들어 주니 맛있게 먹는다. 둘이서 시내 구경도 하고 해변에도 갔다 왔다. 해변에 가니 조그만 수영장이 눈에 띈다. 이 친구가 떠나기 전 한국에서 가져 온 배지를 선물로 주고 갔다.

2004년 2월 21일

지금 마오리 남자 Neil과 함께 텐트에서 지내고 있다. 어제 스카이 다이빙을 했다.

영원히 잊지 못할 짜릿한 경험이었다. 언젠가 다시 한 번 하고 싶다.

비용은 440달러이었지만 돈 만큼의 값어치가 있었다.

오늘은 아이가 오기로 한 날이다. 보고 싶다. 모든 일이 잘 굴러가고 있고 모든 것이 좋지만 문득 그녀를 위해 어떻게 하는 것이 좋을까? 라는 질문을 하게 된다. 무엇이 우리에게 최선인지 모르겠다.

아직도 비가 온다. 꽤 많은 돈을 썼고 다시 돈을 모아야 할 시간이다.

다음 주부터 일을 시작했음 좋겠다. 일을 하고 돈을 모아야 하는 날 아이가 이해해줬음 좋겠다.

아이가 도착했다. 도착하기 전 침대로 숙소를 옮겼다. 반가웠다. 둘이서 해변가에 있는 수영장에 갔다. 둘이서 수영하니 즐거웠다. 안경을 벗은 채로 아이와 함께 저녁을 준비하는데 잘 안 보여서 그런지 실수가 잦다.

새벽에 잠에서 깼는데 아이가 자는 모습이 귀엽다. 아이 침대에 누워 안고 잤다.

아침에 나에게 묻는다. 언제 이리로 왔냐고….

2004년 2월 22일 📷

    Able Tasman 국립 공원으로 놀러 갔다. 호스텔에 체크인 할 때 먼저 여권을 냈다. 매니저가 아이에게 국적을 묻길래 별 생각 없이 Korea라고 내가 대답했다. 조용히 아이가 여권을 내민다. 방에 들어와서 한 마디 한다.

    오전 내 비가 왔는데 오후에 갰다. 둘이서 국립공원에 갔다. 여기 저기 돌아보고 카페에서 차 한잔 했다. 비가 와서 그런지 국립공원에 물이 고인 곳이 있었는데 건널 때 손 안 잡아주니 삐친다. 아이가 햄버거 패드 같은 걸 만들었는데 맛있었다.

Cabin 예약을 24일부터 해 둔 상태라 숙소를 찾아야 했는데 방이 없다. 할 수 없이 텐트에서 하룻밤 지내기로 하고 헤이스팅스에서 만난 모찌에게 텐트를 빌리러 갔다.

모찌에게 텐트를 빌려 백팩커에 가니 닐이 웃으며 반긴다. 내일부터 사과 농장에서 일을 하기로 했다. 닐은 내일 먼저 농장으로 들어가고 난 아이를 보낸 후 갈 생각이다.

2004년 2월 24일

아침 일찍 아이를 놔두고 농장에 갔다. 낮 시간 동안 아이는 모투에카 여행을 했다.

농장에 가니 여러 국적의 다양한 사람들이 모였다. 20명쯤 됐다.

첫째 날 나 이외엔 모두 농장 숙소에 들어왔고 나만 이틀 후 들어오기로 했다.

동양인은 나를 제외하곤 일본 아줌마 한 명뿐이었다.

첫 날 수퍼바이저 Tony가 워크 퍼밋 얘기를 꺼내길래 솔직하게 말했더니 걱정 말라고 한다. 자기가 보증을 서면 3개월 워크 퍼밋이 나온다고 한다.

첫 날은 피킹을 하지 않고 주의 사항과 피킹 요령에 대해서 설명했다.

끝나고 돌아오니 아이가 기다리고 있다. 서둘러 텐트와 짐을 정리하고 Cabin으로 이동했다.

둘이서 마트에서 장을 보고 저녁을 해 먹었다. 저녁 먹은 후 당구장에 갔다.

오늘 마지막 밤이다. 내일 아이가 크라스처치로 간다. 잠이 잘 오지 않았다. 아이도 마찬가지다.

아침이 밝아오고 아이가 눈물을 글썽인다. 일본으로 가겠노라고 약속했지만 헤어지기가 쉽지 않다. 짐을 싸면서 계속 운다. 문을 나서려는데 펑펑 운다. 어렵사리 문을 나섰다.

농장에 도착해 일을 시작하려는데 가슴이 무겁다. 곧 아이가 떠난다. Tony가 다가와 무슨 일 있냐고 묻는다. 잠깐 망설이다 내 여자가 오늘 떠나는 날이라고 말하고 보고 오겠다고 하니 빨리 가라고 한다. 뛰었다.

도착하니 깜짝 놀란다. 아직도 울고 있다. 아이는 곧 차분해졌다.

버스가 도착했고 그렇게 헤어졌다. 가는 걸 보니 나도 한결 기분이 나아졌다.

아이가 떠난 그날 난 농장 숙소로 들어갔다.

2004년 2월 28일

2월의 마지막 날이다. 8개월이 되었다. 지금 Kelly 농장에 머물며 사과 픽킹 일을 하고 있다. 사과 픽킹은 생각보다 힘들었고 숙소는 지저분했다.

지난 금요일에 아이를 다시 만났고 즐거웠다. Takaka에 다녀왔다. Takaka 있는 동안 비가 와 제대로 보지도 못했다. 모투에카로 돌아와 Cabin 에서 이틀 간 지냈고 텐트에서도 하루 지냈다.

그리고 수요일 날 떠났다. 펑펑 울던 아이를 평생 못 잊을 거 같다.

같이 장을 봤고 수영하러 갔었다. 그리고 Able Tasman 국립공원에 다녀 왔다. 많은 것을 함께했고 귀여웠다. 아이는 2주 후 3월 13일 일본으로 돌아간다. 지금 크라이스트 처치에 있다.

여기서 멀다. 사실 지금 가서 볼 수도 있지만 아이가 우는 모습을 더 이상 보고 싶지 않다. 그리고 같은 고민에 빠질 것이다.

컨디션이 좋지 않다. 여긴 조금씩 추워진다.

실수다. 오늘이 2월 마지막 날이다. 지루하다. 5주 후면 비자 만료다.

오늘은 기분이 나아졌다. Bakery Lodge 호스텔에서 친절한 한국 형을 만났는데 신 라면과 밥을 얻어 먹었다.

긍정적으로 생각하고 스스로 좀 보살펴야겠다. 지금 이 순간을 즐거야겠다.

2004년
3월

2004년 3월 1일

3월이다. 한국은 지금 새 학기가 시작했고 신입생들이 들어왔을 것이다.

오늘 5빈 채웠다. 지금까지 중 최고 기록이다. 사과 몇 개가 멍들었다. 수퍼바이저에게 꾸지람을 많이 들었다. 한 동안은 너무 빨리 따지 않을 생각이다.

사실 여기에서 이렇게 힘들게 일하지 않아도 되지만 아이가 일본으로 돌아갈 때까지 버텨야 한다.

그때까진 무엇이든 쉽지 않을 거 같다. 내일 이메일을 쓸 생각이다. 무슨 말을 해야 할지 모르겠다. 다시 만난다면 기쁘겠지만 곧 다시 헤어져야 한다. 그냥 그녀가 걱정스럽다.

나한테 이런 상황이 오리라곤 한 번도 생각해 본 적이 없다. 가슴이 무겁다.

2004년 3월 7일

오늘 쉬는 날이다. 어제 BBQ 파티를 했다. 난 엄청 취해 쓰러졌다.

어제 아이에게 전화했다. 마지막 인사를 해야 했지만 할 수 없었다. 일주일 남았다.

그 후에야 제대로 일을 시작할 수 있을 거 같다.

먼저, 아이가 떠날 때까지 기다린다.

둘째, Shane과 약속을 한 뒤 작별인사를 한다.

셋째, 인충이한테 전화한다.

마지막으로 여기에 얼마나 더 있을지 결정한다.

2004년 3월 11일

오늘은 일진이 안 좋다. 2빈 밖에 못 채웠고 수퍼바이지와 다퉜다. 좀 더 차분해질 필요가 있다.

비가 온다고 했는데 무지 덥다. 오늘 아이에게 전화할 생각이다. 오늘 마지막 통화가 될 거 같다. 내일 전화를 반납한다고 했다. 아이를 정말 좋아하는지도 모르겠다. 다시 보지 못할지도 모른다.

무슨 말을 어떻게 해야 할지 모르겠다. 4월 초에 오클랜드로 돌아가기로 결심했다. 그때까지 여기서 일할 생각이다. 오클랜드에 며칠 머물다가 와이우쿠 농장에 들릴 생각이다.

그 후 태국에 갈 계획이다. 나를 위한 최선의 선택인 거 같다. 멋진 여름이 될 거 같다.

2004년 3월 13일

아이가 떠났다. 지금쯤 비행기에 있을 거다. 함께 한 추억이 많다. 소중한 기억이다. 잊기 어려울 거 같다. 12월 초에 처음 만났다. 사실 처음부터 관심이 많진 않았지만 점점 좋아졌다.

Boxing Day 날 블렌헴을 떠났고 31일 날 크라이스트처치에서 아이를 만났다. 함께 새해를 맞이했고 다시 헤어졌다. 한달 후 다시 블렌헴에서 만났고 잠시 헤어졌다 다시 만나 카이코라 여행을 했다. 여기 모투에카에서 마지막 여행을 했다.

지난 목요일 날 마지막 통화를 했다. 얘기를 하다 보니 전화카드는 금세 없어졌다.

아이는 또 울었고 마지막으로 한 마디 했다. "아아시떼르".

나도 한 마디 했다. "사랑한다고".

그리고 전화는 끊어졌다.

사과 농장 일을 시작한 후 일주일쯤 지났을 때 한국 남자 한 명이 들어왔다. 나보다 두 살 어리고 박종현이라고 한다. June이라는 가명을 쓰고 있었다.

혼자 늦게 와서 우리가 쓰는 방엔 빈 침대가 없었다. 혼자 다른 방에 있었다. 널이랑 같이 있으면 재미 있었지만 종현이가 있는 방으로 나도 옮겼다.

종현이가 온 후 우린 저녁을 같이 해 먹기로 했는데 종현이 음식 솜씨가 엄청 좋다. 한 며칠 돌아가며 저녁 준비를 하다가 나중엔 주로 종현이가 준비하고 내가 설거지했다.

첫 월급을 받기 전까지 돈이 넉넉치 않았던 친구들은 아침, 점심은 픽킹 하면서 사과로 해결했고 저녁은 토스트 등으로 간단하게 해결했다.

하루는 여럿이 모여 감자칩을 사다가 토스트에 싸 먹었다. 다들 웃으면서 "칩스 토스트" 하면서 먹었다. 일을 마친 후엔 같이 푸쉬 업, 턱걸이를 가끔 했고 크리켓을 종종 했다.

쉬는 날이면 다 같이 모여 해변에 가기도 했고 가끔 술 마시며 놀았다.

종현이와 둘이서 다른 호스텔에 놀러 가기도 했고 시내에도 다녀오곤 했다.

오클랜드로 가기 전 여행 준비를 했다. 카트만두에서 괜찮은 백팩, 신발, 슬리핑 백 외에 기타 여행 용품을 많이 구입했다. 쓰던 가방은 닐에게 주니 상당히 좋아한다.

한 달쯤 지난 후 Kelly 농장 식구뿐만 아니라 주위 농장 사람들까지 모여 큰 파티를 했다. 그날 얼마나 마셨는지 모른다. 취해서 쓰러졌다.

아침에 일찍 식당에 가 보니 엄청나다. 엄청난 수의 술 병과 파티의 흔적이 남아있다. 내가 치우기 시작하니 종현이가 곧 동참하고 한참 후 돌아보니 일본 여자애가 같이 치우고 있었다.

농장에 있는 동안 닐이랑 가장 친하게 지냈고 Kiwi 딜런이 기억에 남는다.

떠나기 전 이런 저런 얘기를 하면서 이메일을 가르쳐 준다. 딜런이 하는 말은 다른 사람보다 알아 듣기가 더 어려웠다.

사과 픽킹을 하면서 가끔은 사과가 많고 따기 쉬운 곳을 차지하려다 다투기도 했지만 농장에서 서로 크게 다투거나 할 일은 없었다. 다들 웃으면서 일했다.

일은 아침 일찍 시작해 저녁에 끝났고 일을 마친 후엔 다들 식당에 모여 저녁을 먹고 얘기를 나누다가 숙소로 돌아갔다.

2004년 3월 29일

지금 오클랜드로 가는 비행기 안이다. 지난 6주 동안 모투에카에 있었다. 꽤 긴 시간이지만 빨리 지나갔다. 11월 11일 남섬으로 왔으니 4달 반 동안 여기 있었다. 꽤 즐거운 시간이었다.

블렌헴에서 타우랑가에서 만난 여러 친구를 만났고 새로 많은 친구를 사귀었다.

Honi - B에서 Shane을 만나 많은 것을 함께했다. 술, 담배, 클럽, 파티, 비치, BBQ….

나에겐 영어 선생님이기도 했다. 여러 Kiwi 친구들 그리고 Ai.

카약, 스카이 다이빙, 여러 가지 일 등등 많은 경험을 했다. 또 많은 곳에 가 둘러 보았고 많은 것을 얻었다. 사실 돈, 영어가 가장 중요한 것은 아니었다. 경험이 가장 중요한 것이었다.

그리고 아이를 만났다.

2004년 3월 31일

오클랜드 있은지 3일 째다. 준이 말해 준 호스텔에 머물고 있다. 랭귀지 스쿨에 가서 테스트 수업을 받았다. 수업은 훌륭했지만 좀 지루하게 느껴졌다. 가족을 위해 기념품을 조금 샀다.

아무래도 큰 도시와 난 어울리지 않는 것 같다. 오늘 와이우크 토마토 농장으로 돌아간다. 뉴질랜드에서의 시작 장소이자 마지막 장소가 될 것이다.

와이우쿠 토마토 농장에 돌아왔다. 많은 것이 변했다. 오늘이 이 일기장에 일기를 쓰는 마지막 날이다. 지난 9개월 간 나와 함께했다.

예전에 태호 형이 쓰던 방을 쓰고 있는데 아늑하다.

이제 뉴질랜드를 떠날 시간이다. 다음 주 수요일 날 말레이시아로 간다. 태국 등지를 여행할 생각이다.

뉴질랜드에서 지금까지 정말 즐거운 시간을 보내고 있다.

처음 한 달 난 뉴질랜드에 대해 아무것도 모르는 어린애와 다름 없었다. 그냥 토마토 농장에 머물렀다. 몇 주 후 난 타우랑가로 갔고 Shu, Nao, Midori, Gaz 등등을 만났다. Just the Ducks and Nuts 백팩커는 나에게 행운이었다. 사실 처음 2주간 백팩커가 아주 맘에 들진 않았고 난 Mohamatt 집으로 옮겼다가 백팩커로 돌아갔다. 얼마 후 코로만델에서 3일 간 우프 생활을 했고 해밀턴, 웰링턴, 블렌헴 등을 여행하다 타우랑가로 다시 돌아 갔다.

Just the Ducks and Nuts 친구들과 어울려 즐겁게 놀았다. 헤이스팅스에 갔었고 다시 블렌헴에 갔다. 블렌헴을 영원히 잊지 못할 것이다.

Shane, Kiwi 친구들, 브라질 3총사, 일본 친구들 … 파티, 문신 그리고 Ai.

모든 것이 그리울 거 같다.

여기에서 난 Danny였다.